DRÁCULA

POR BRAM STOKER

NARRADO POR MICHAEL BURGAN

ilustrado por José Alfonso Ocampo Ruiz
colorista de cubierta por Benny Fuentes
colorista de interior por Protobunker Studio

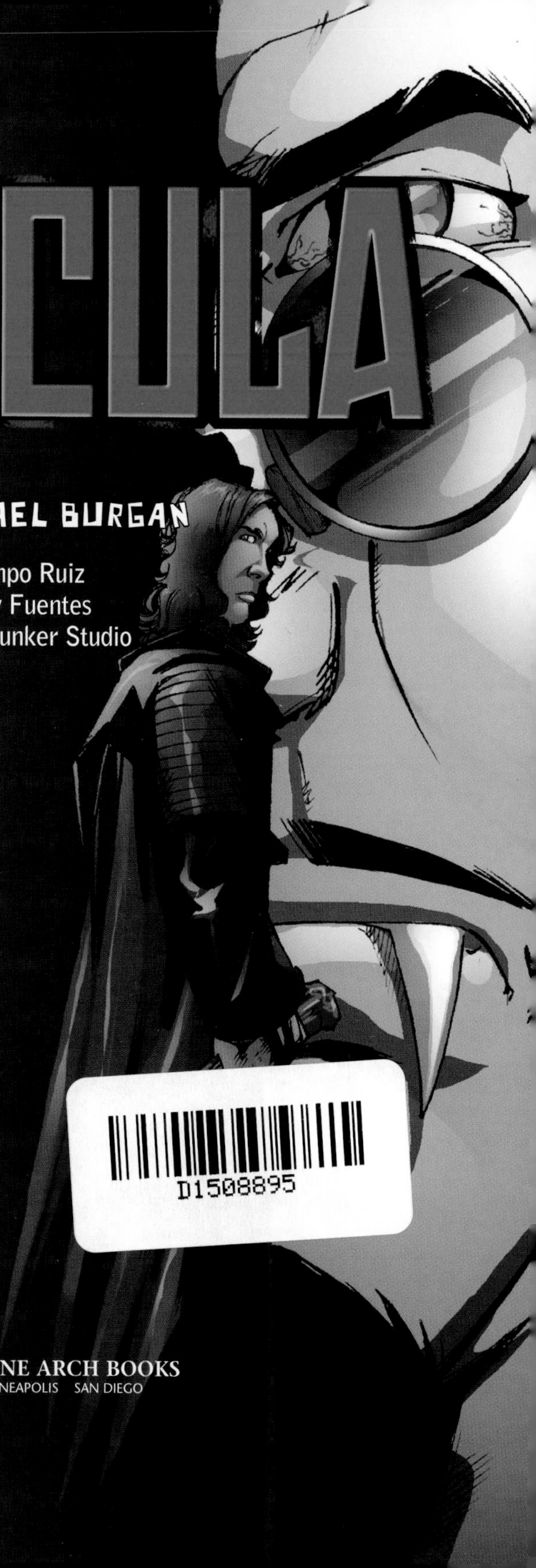

STONE ARCH BOOKS
MINNEAPOLIS SAN DIEGO

Graphic Revolve es publicado por Stone Arch Books
A Capstone Imprint
1710 Roe Crest Drive
North Mankato, Minnesota 56003
www.capstonepub.com

Librería del Congreso Catalogando Data en Publicación
Burgan, Michael.
[Dracula. Spanish]
Drácula / by Bram Stoker; retold by Michael Burgan; illustrated by
Alfonso Ruiz; translated by Susan Schuler.
p. cm. — (Graphic Revolve en Espanol)
ISBN 978-1-4342-1686-1 (library binding)
ISBN 978-1-4342-2277-0 (softcover)
1. Graphic novels. [1. Graphic novels. 2. Vampires—Fiction. 3. Spanish
language materials.] I. Ocampo Ruiz, José Alfonso, ill. II. Schuler, Susan.
III. Stoker, Bram, 1847-1912. Dracula. IV. Title.
PZ73.B797 2010
741.5'973—dc22   2009013686

Resumen: En un viaje de negocios a Transilvania, Jonathan Harker se hospeda en un castillo
misterioso que le pertenece a un hombre llamado Conde Drácula. Cuándo comienzan a suceder
cosas extrañas, Harker decide explorar el castillo, ¡y encuentra al Conde durmiendo en un
ataúd! Harker se encuentra en peligro, y cuando el Conde se escapa a Londres, también sus
amigos.

Director Creativo: Heather Kindseth
Diseño Gráfico: Kay Fraser
Traducción del Inglés: Susan Schuler

Impreso en los Estados Unidos de América, North Mankato, Minnesota.
102017
010792R

TABLA DE CONTENIDOS

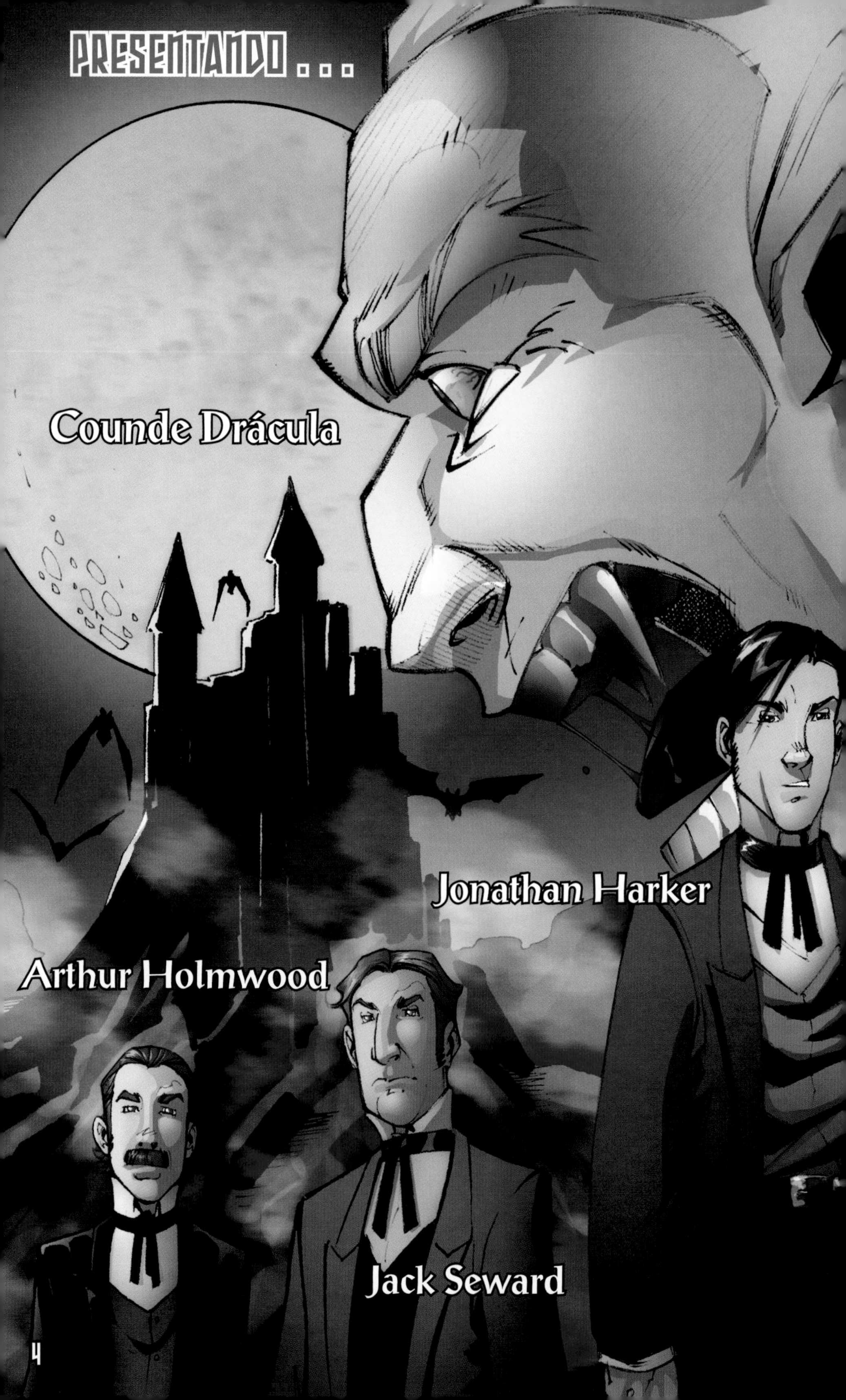
PRESENTANDO . . .
Counde Drácula
Jonathan Harker
Arthur Holmwood
Jack Seward

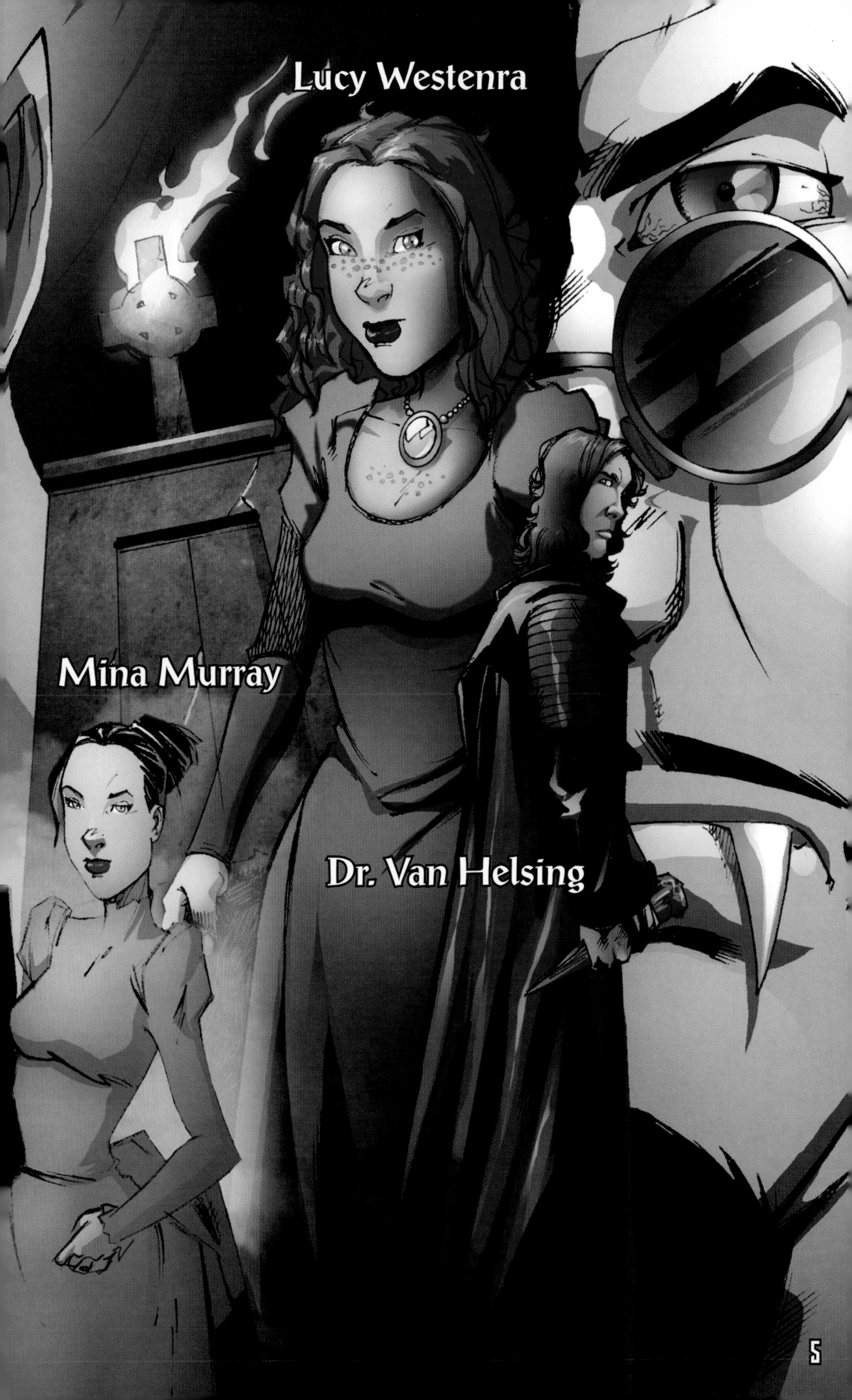
Lucy Westenra
Mina Murray
Dr. Van Helsing

CAPÍTULO 1: EL CASTILLO DEL TERROR

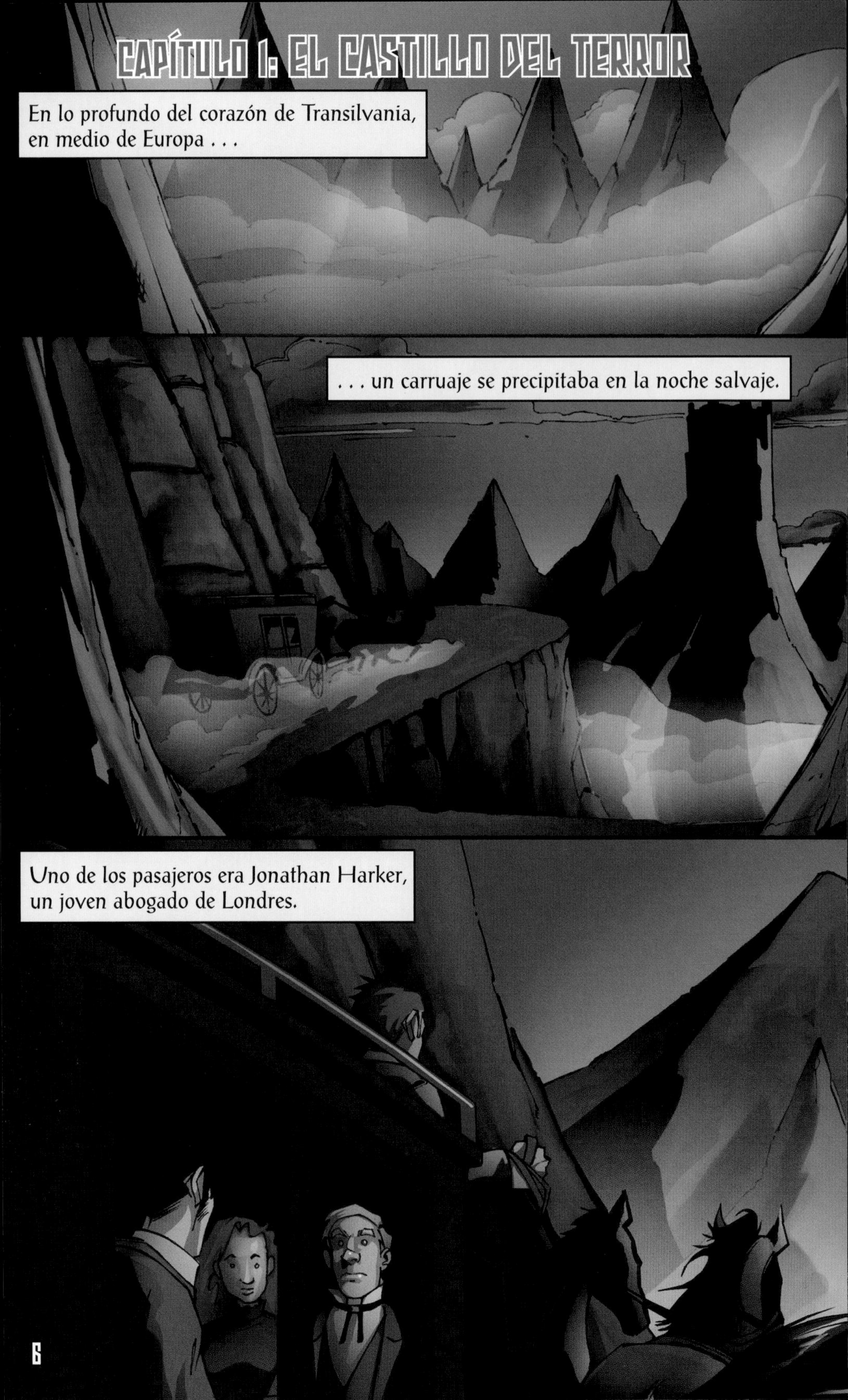

En lo profundo del corazón de Transilvania, en medio de Europa . . .
. . . un carruaje se precipitaba en la noche salvaje.
Uno de los pasajeros era Jonathan Harker, un joven abogado de Londres.

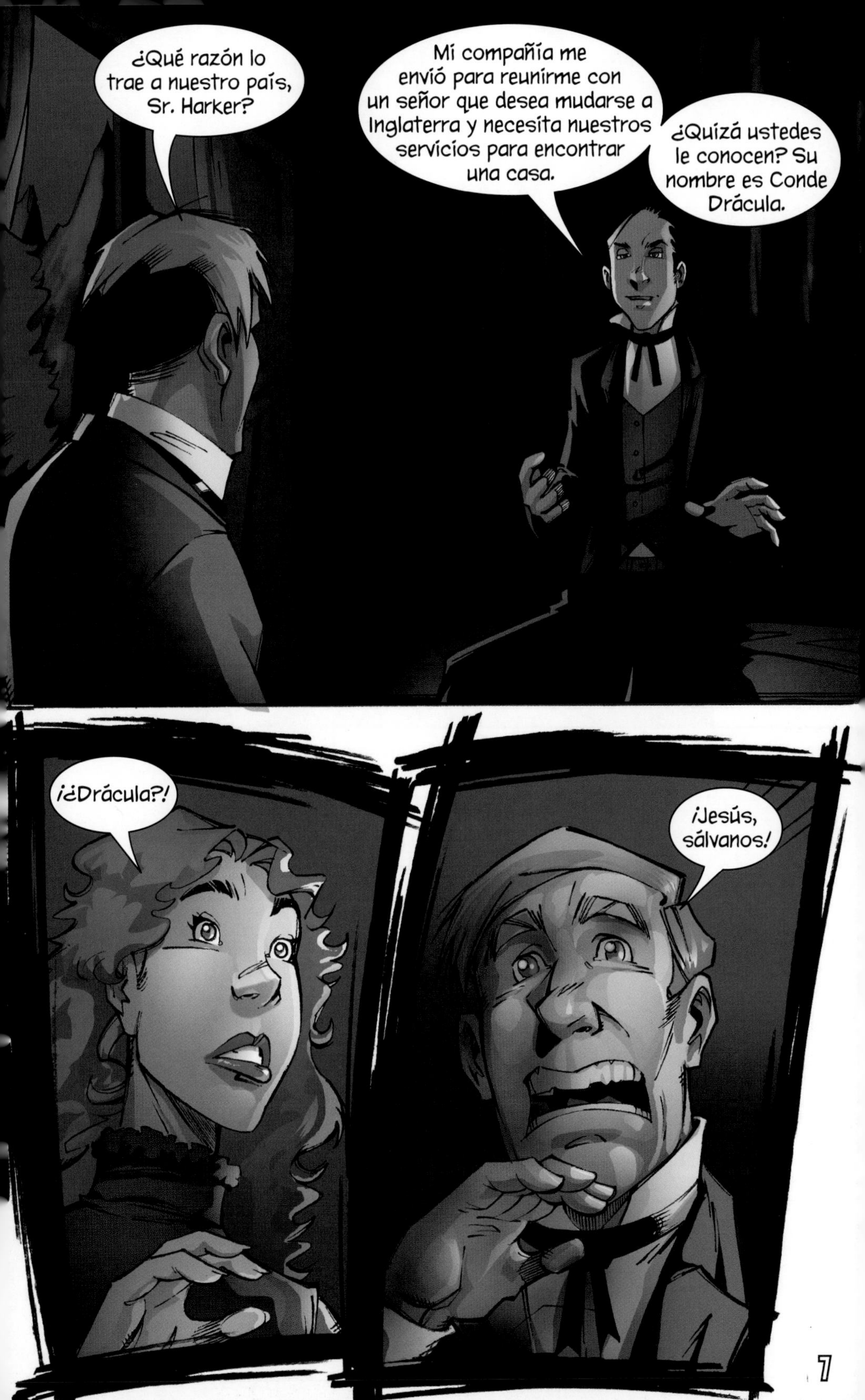
¿Qué razón lo trae a nuestro país, Sr. Harker?
Mi compañía me envió para reunirme con un señor que desea mudarse a Inglaterra y necesita nuestros servicios para encontrar una casa.
¿Quizá ustedes le conocen? Su nombre es Conde Drácula.
¡¿Drácula?!
¡Jesús, sálvanos!

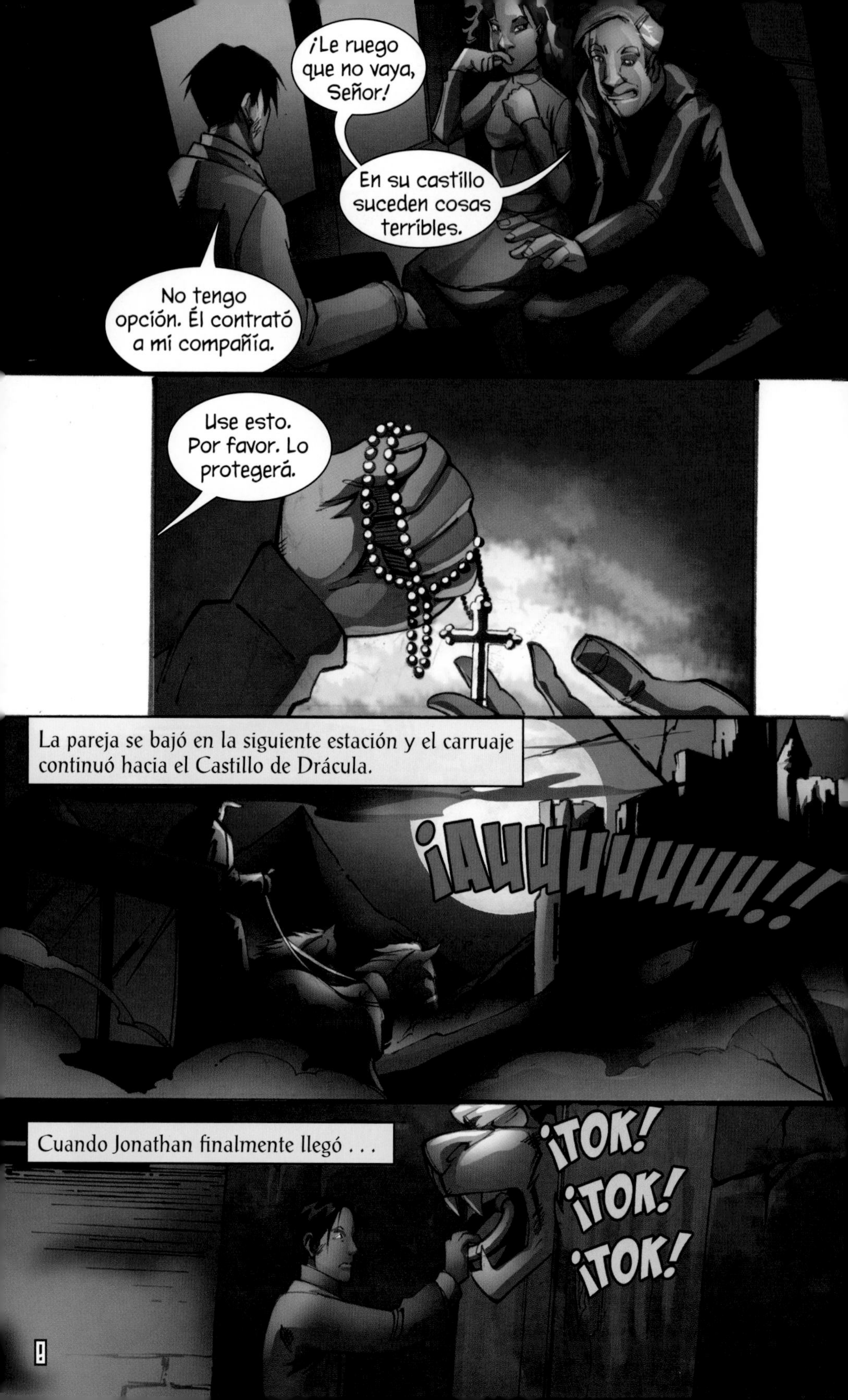
¡Le ruego que no vaya, Señor!
En su castillo suceden cosas terribles.
No tengo opción. Él contrató a mi compañía.
Use esto. Por favor. Lo protegerá.
La pareja se bajó en la siguiente estación y el carruaje continuó hacia el Castillo de Drácula.
¡AUUUUUUUU!!
Cuando Jonathan finalmente llegó . . .
¡TOK!
¡TOK!
¡TOK!

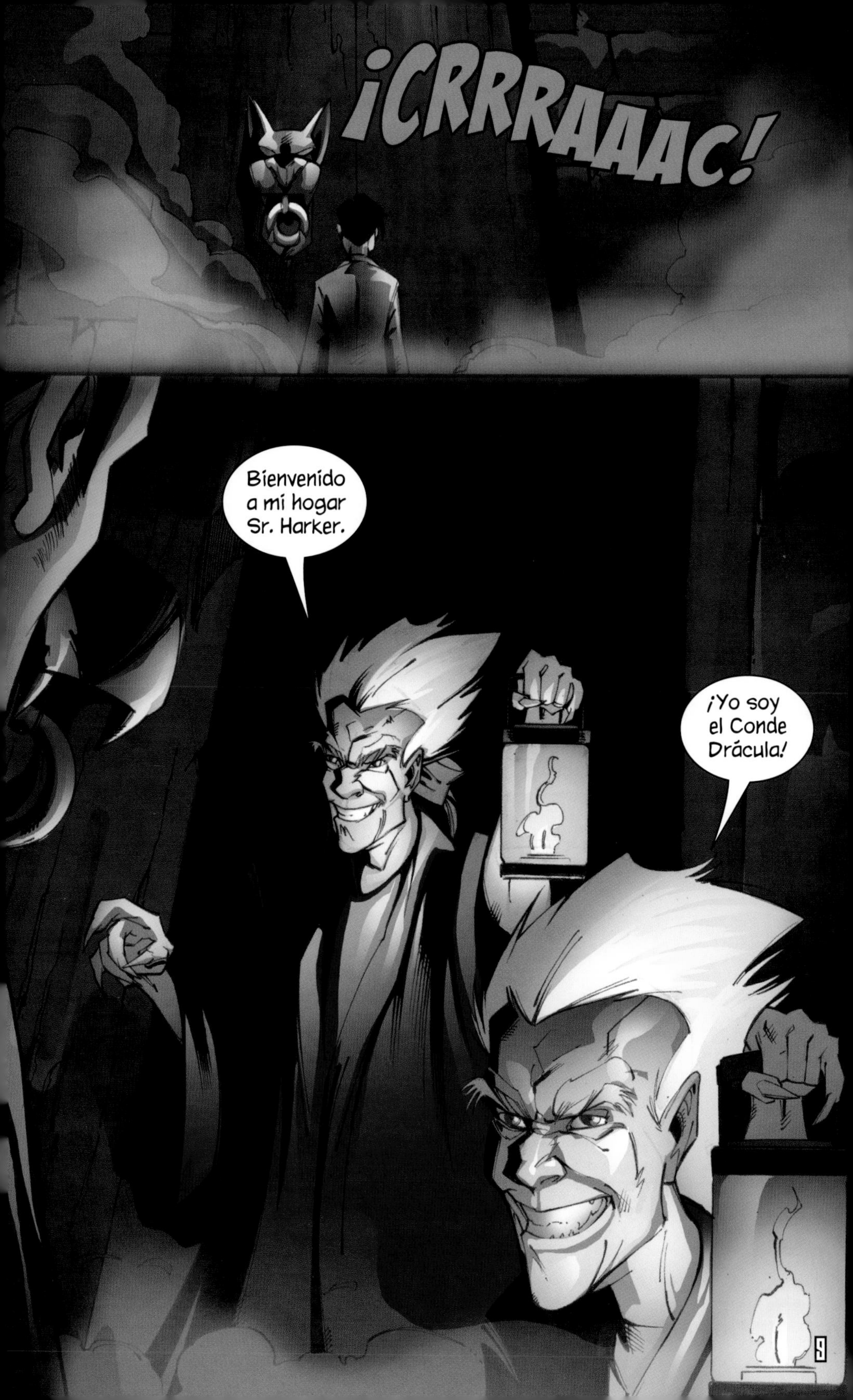
¡CRRRAAAC!
Bienvenido a mi hogar Sr. Harker.
¡Yo soy el Conde Drácula!

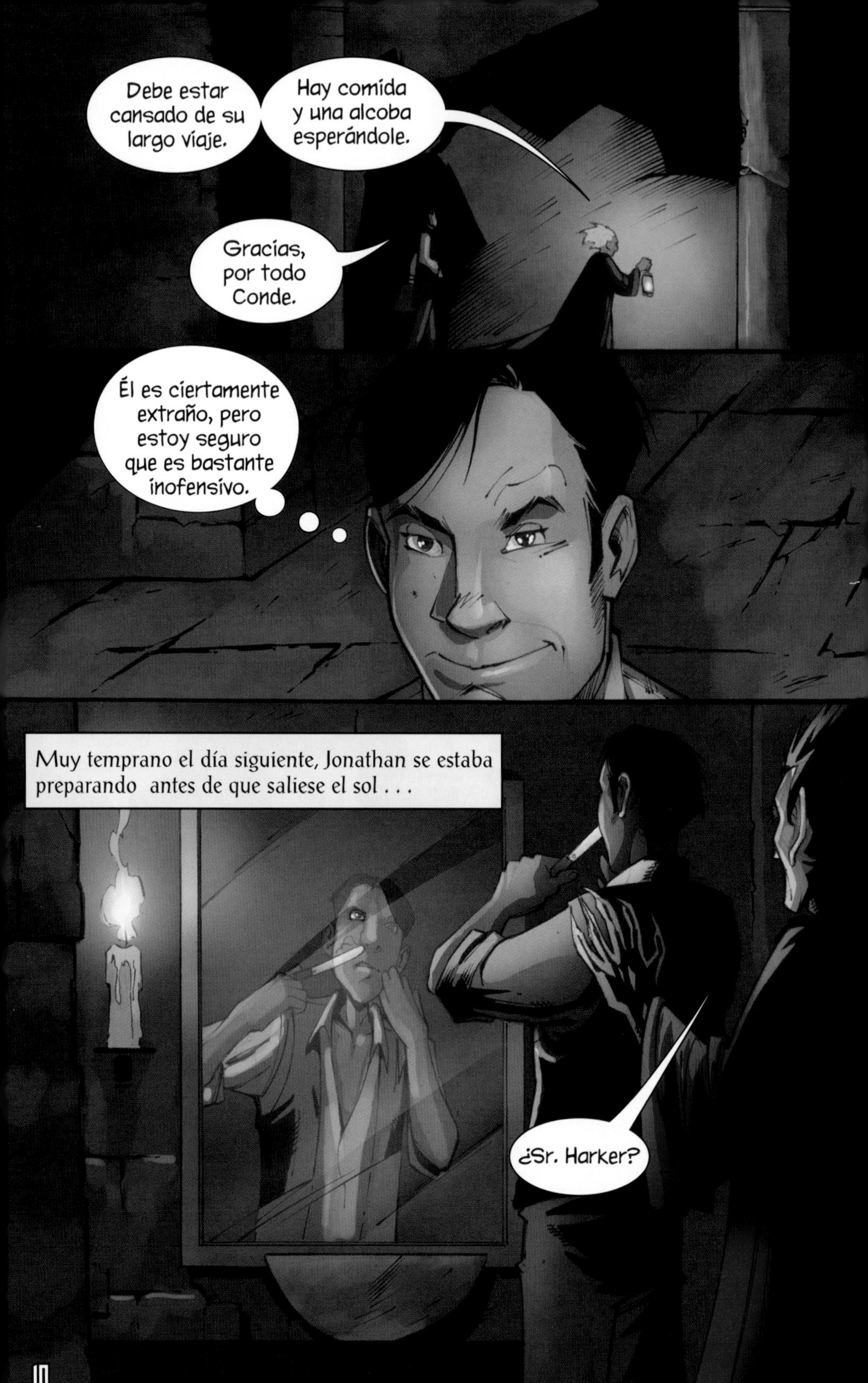
Debe estar cansado de su largo viaje.
Hay comida y una alcoba esperándole.
Gracias, por todo Conde.
Él es ciertamente extraño, pero estoy seguro que es bastante inofensivo.
Muy temprano el día siguiente, Jonathan se estaba preparando antes de que saliese el sol . . .
¿Sr. Harker?

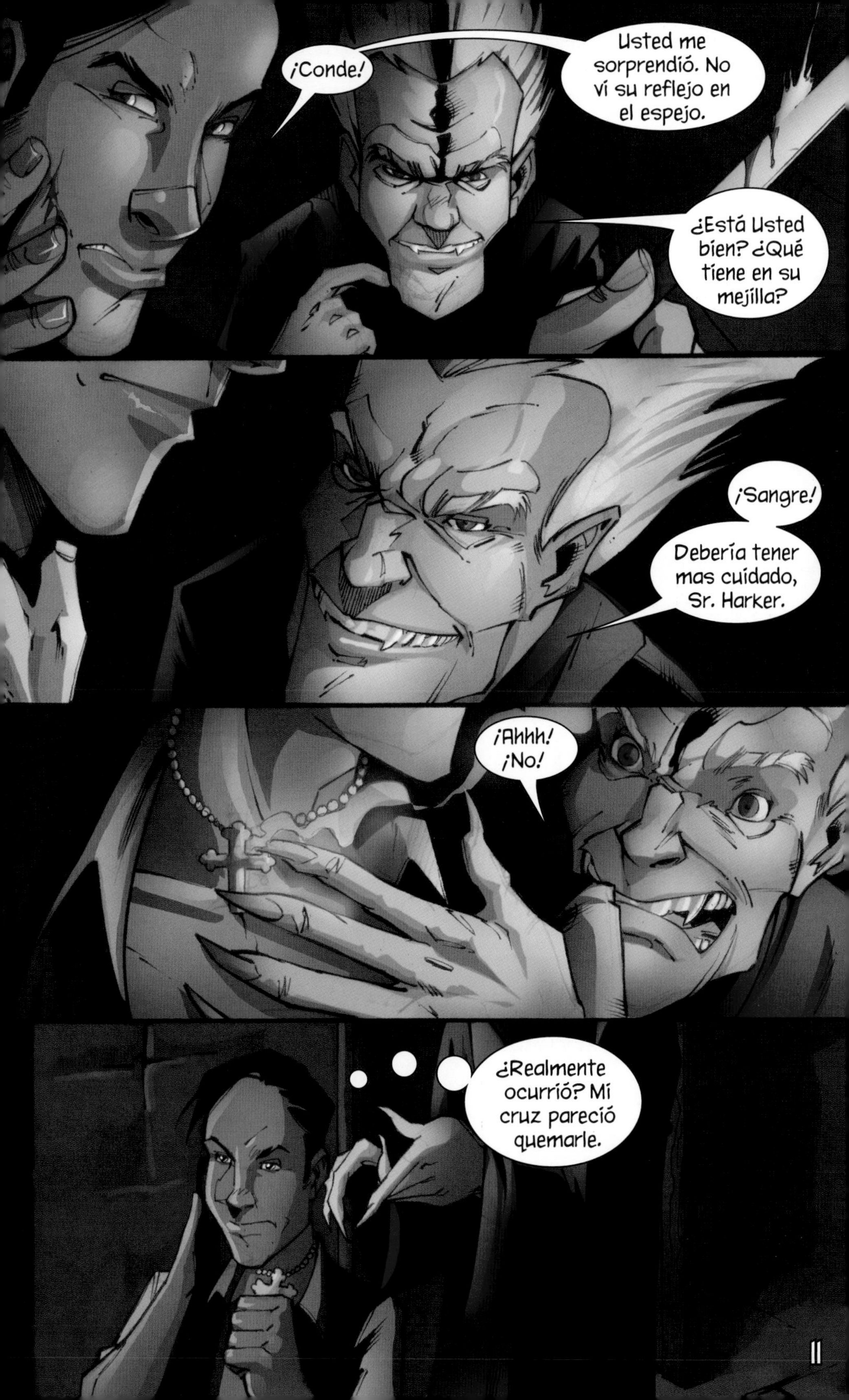
¡Conde!
Usted me sorprendió. No ví su reflejo en el espejo.
¿Está Usted bien? ¿Qué tiene en su mejilla?
¡Sangre!
Debería tener mas cuidado, Sr. Harker.
¡Ahhh! ¡No!
¿Realmente ocurrió? Mi cruz pareció quemarle.

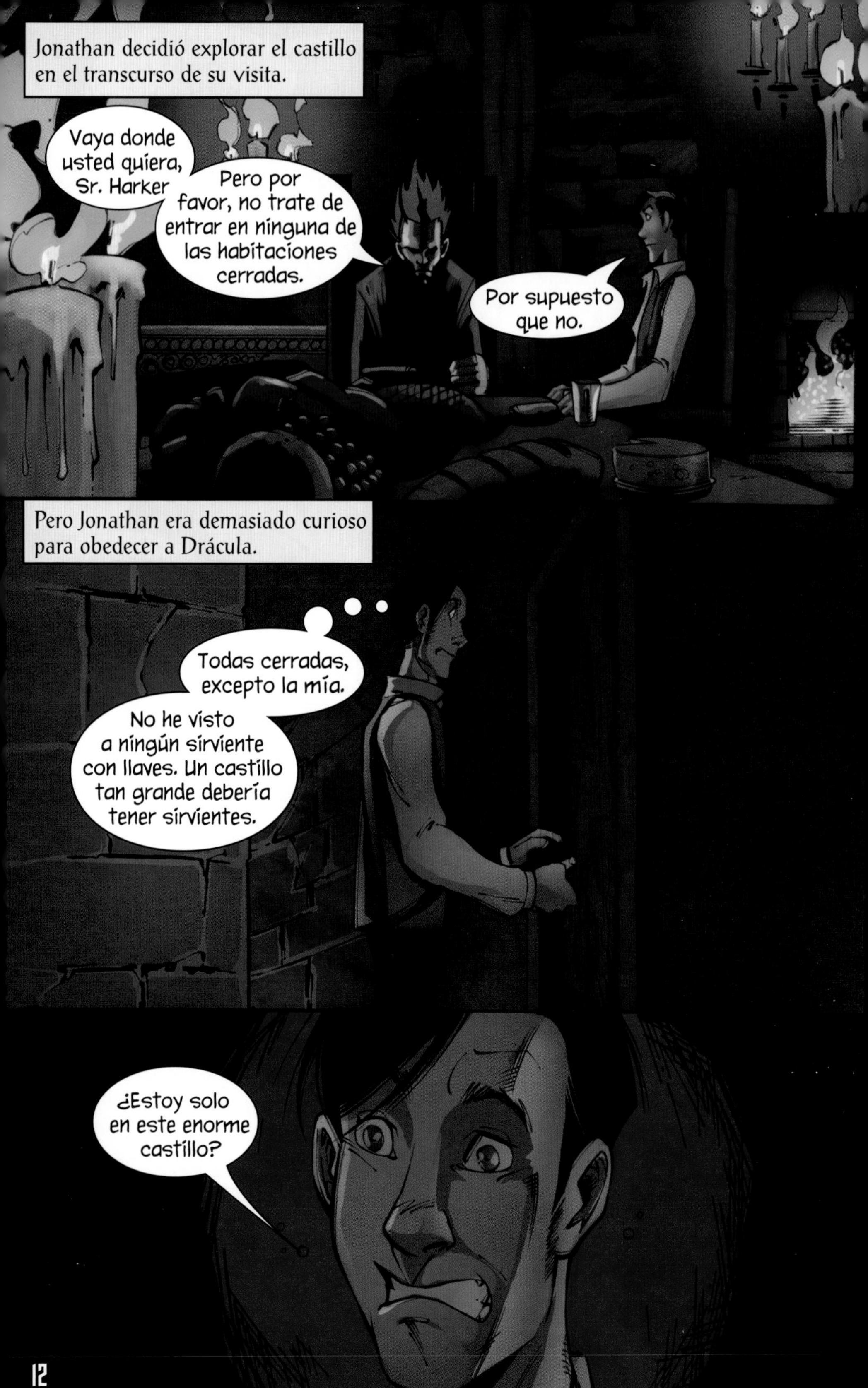
Jonathan decidió explorar el castillo en el transcurso de su visita.
Vaya donde usted quiera, Sr. Harker
Pero por favor, no trate de entrar en ninguna de las habitaciones cerradas.
Por supuesto que no.
Pero Jonathan era demasiado curioso para obedecer a Drácula.
Todas cerradas, excepto la mía.
No he visto a ningún sirviente con llaves. Un castillo tan grande debería tener sirvientes.
¿Estoy solo en este enorme castillo?

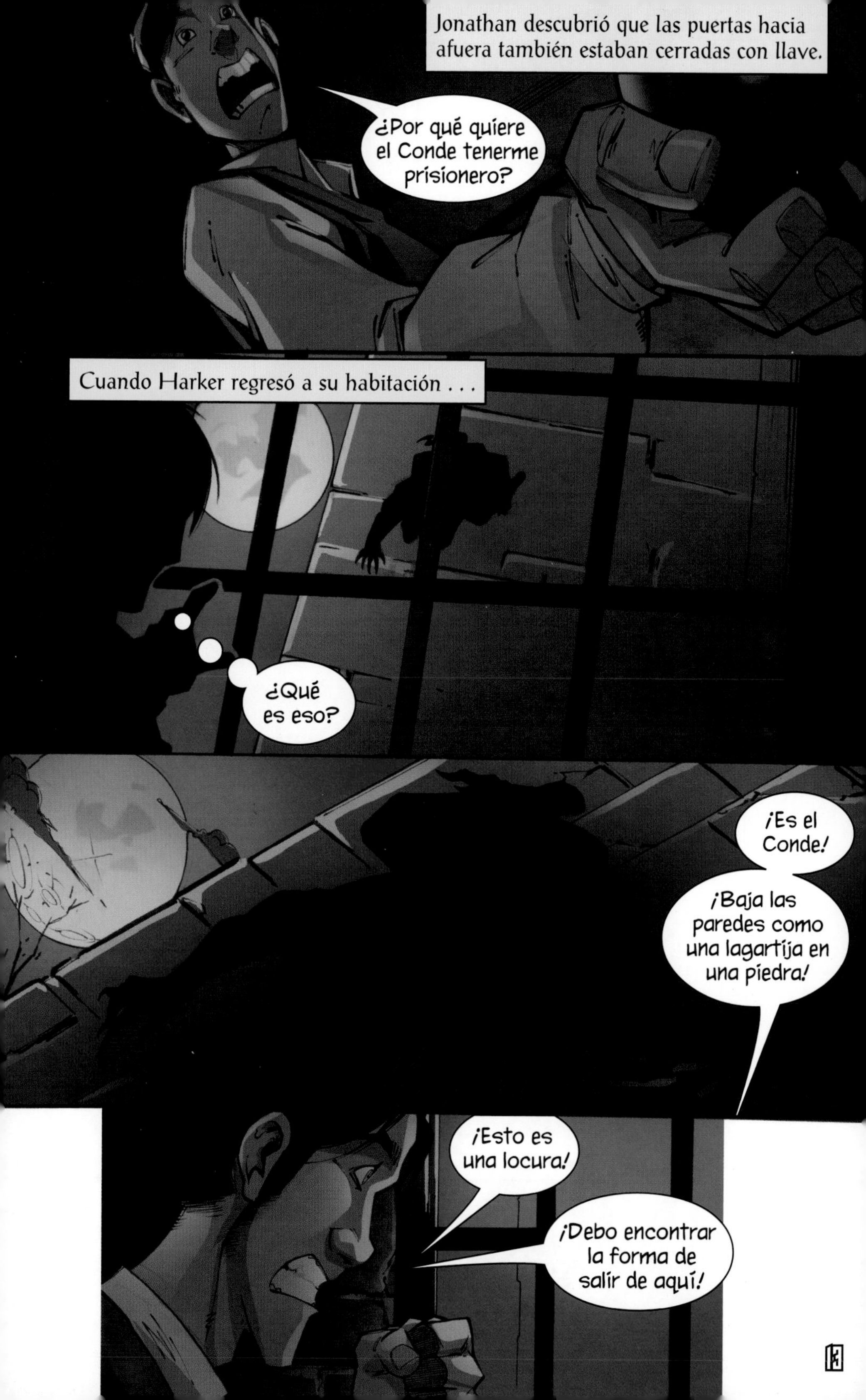
Jonathan descubrió que las puertas hacia afuera también estaban cerradas con llave.
¿Por qué quiere el Conde tenerme prisionero?
Cuando Harker regresó a su habitación . . .
¿Qué es eso?
¡Es el Conde!
¡Baja las paredes como una lagartija en una piedra!
¡Esto es una locura!
¡Debo encontrar la forma de salir de aquí!

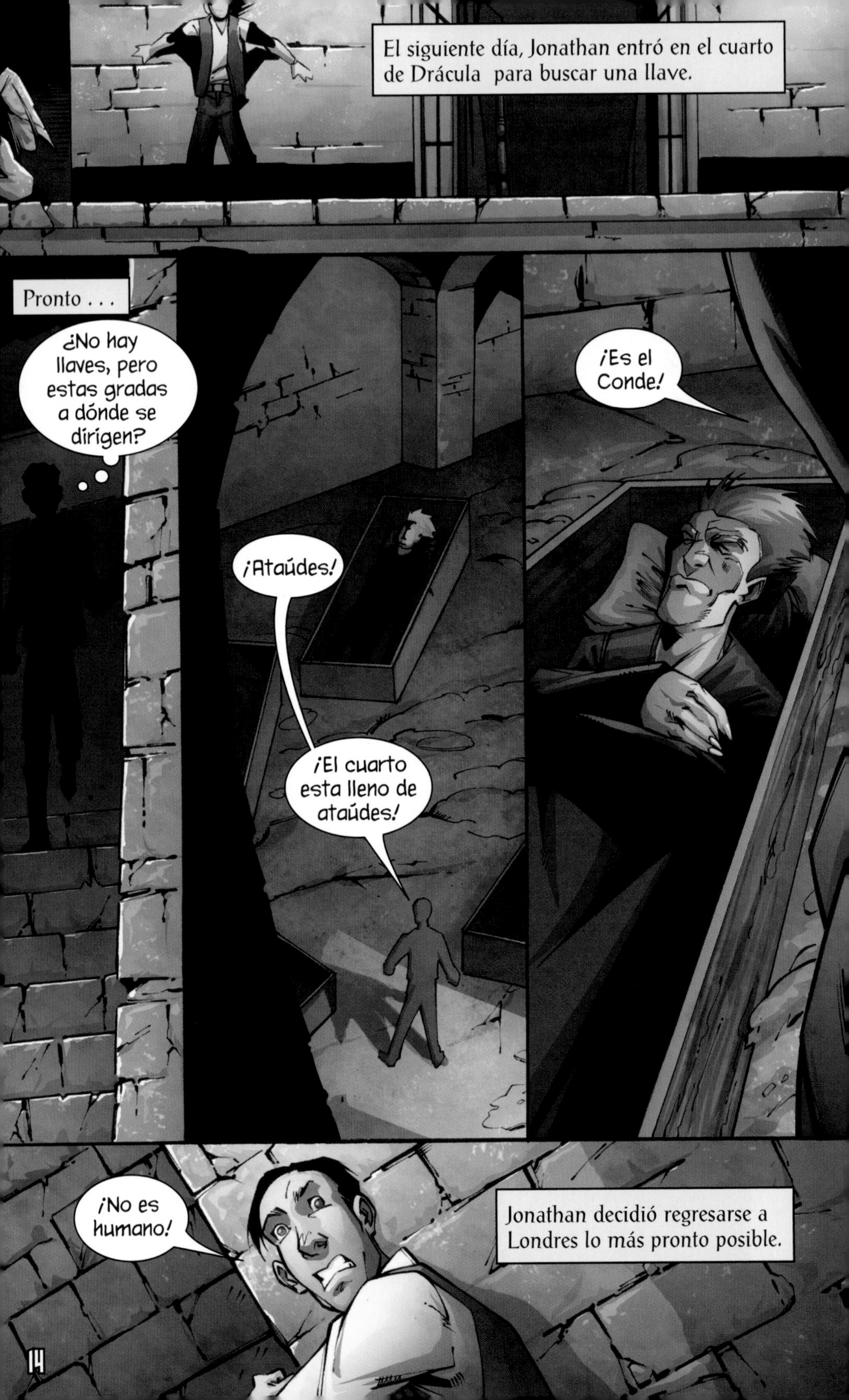
El siguiente día, Jonathan entró en el cuarto de Drácula para buscar una llave.
Pronto . . .
¿No hay llaves, pero estas gradas a dónde se dirigen?
¡Ataúdes!
¡El cuarto esta lleno de ataúdes!
¡Es el Conde!
¡No es humano!
Jonathan decidió regresarse a Londres lo más pronto posible.

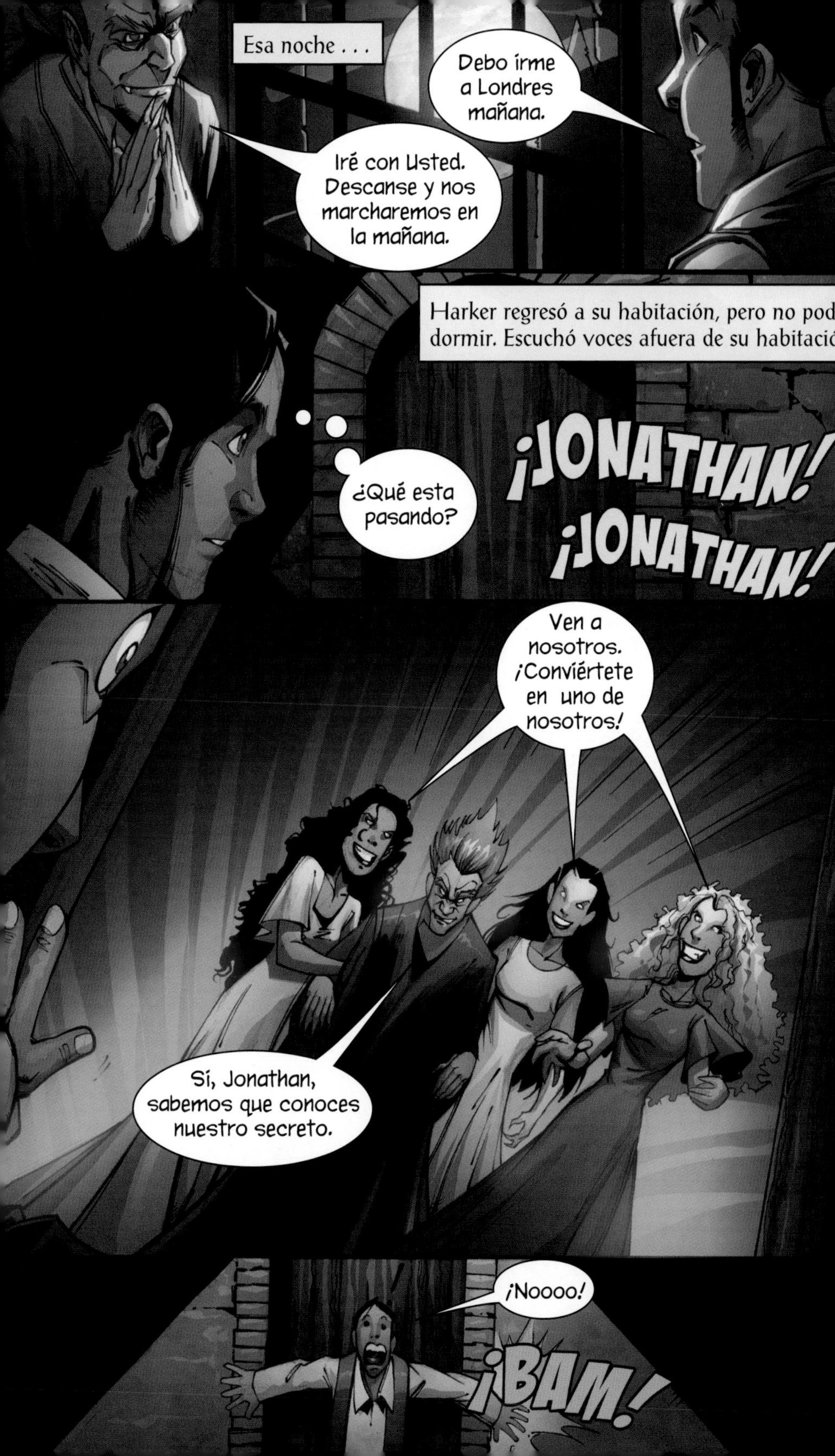
Esa noche . . .
Debo irme a Londres mañana.
Iré con Usted. Descanse y nos marcharemos en la mañana.
Harker regresó a su habitación, pero no podía dormir. Escuchó voces afuera de su habitación.
¿Qué esta pasando?
¡JONATHAN! ¡JONATHAN!
Ven a nosotros. ¡Conviértete en uno de nosotros!
Sí, Jonathan, sabemos que conoces nuestro secreto.
¡Noooo!
¡BAM!

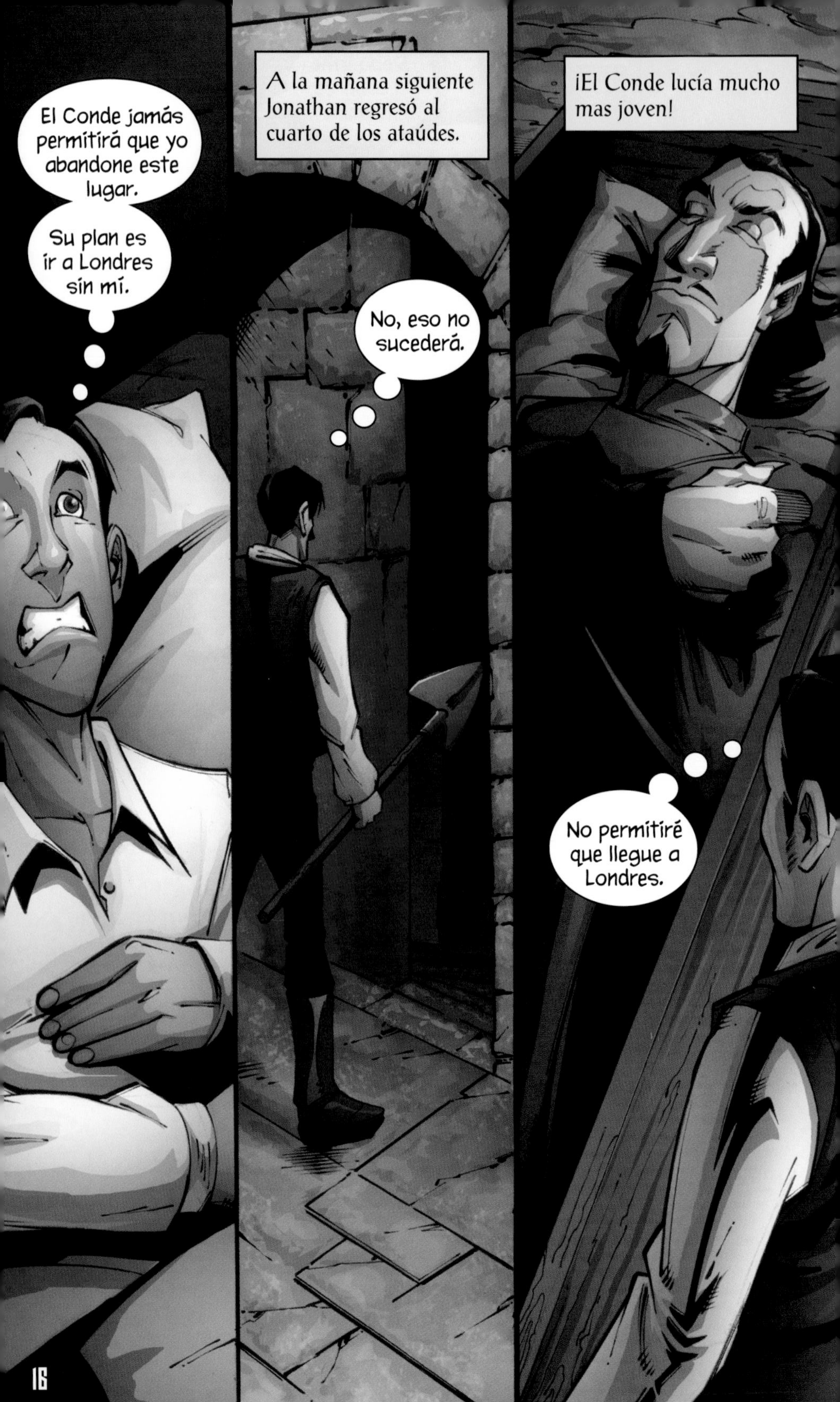
El Conde jamás permitirá que yo abandone este lugar.
Su plan es ir a Londres sin mí.
A la mañana siguiente Jonathan regresó al cuarto de los ataúdes.
No, eso no sucederá.
¡El Conde lucía mucho mas joven!
No permitiré que llegue a Londres.

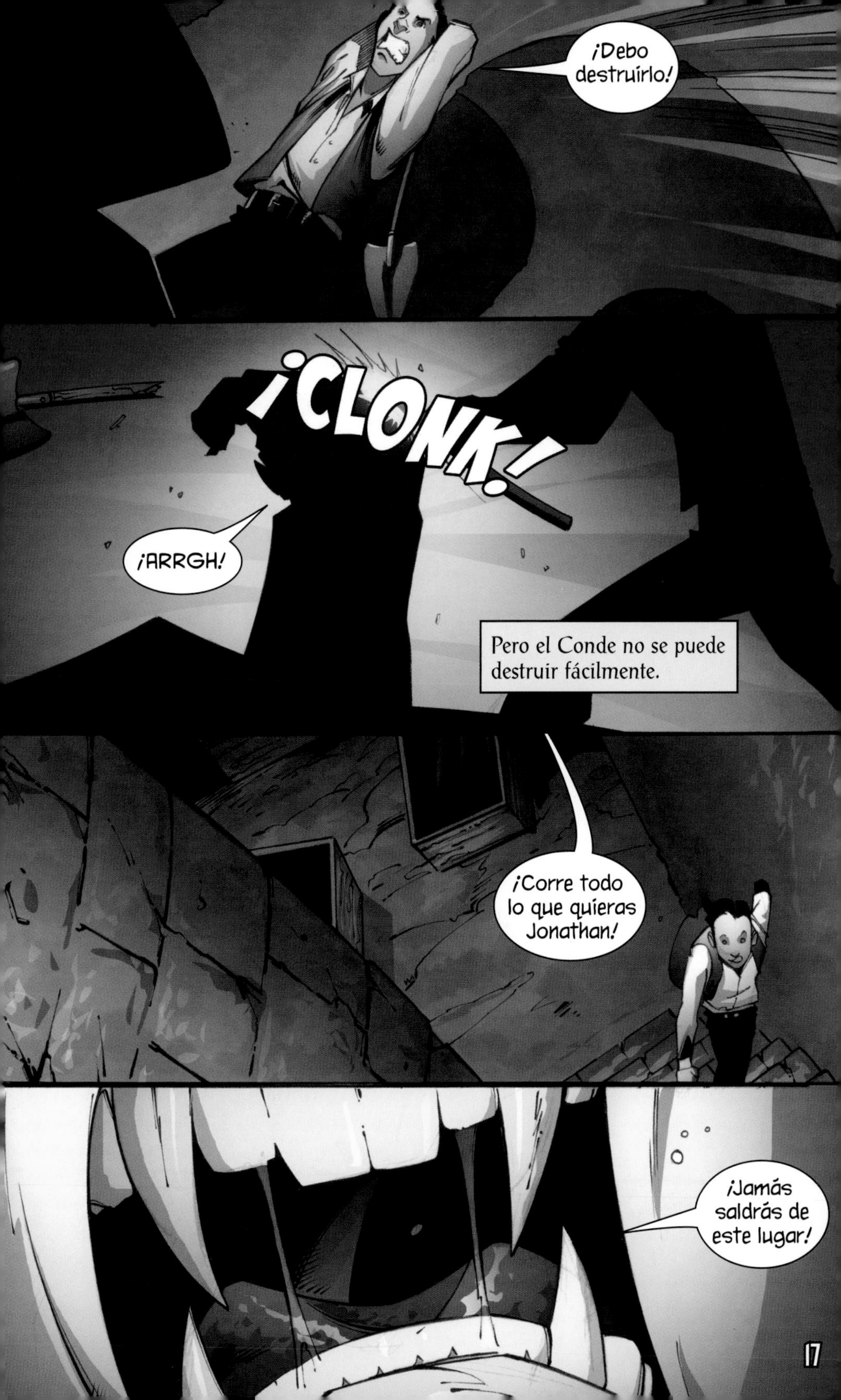
¡Debo destruirlo!
¡CLONK!
¡ARRGH!
Pero el Conde no se puede destruir fácilmente.
¡Corre todo lo que quieras Jonathan!
¡Jamás saldrás de este lugar!

CAPÍTULO 2: LOS PELIGROS DE LA NOCHE

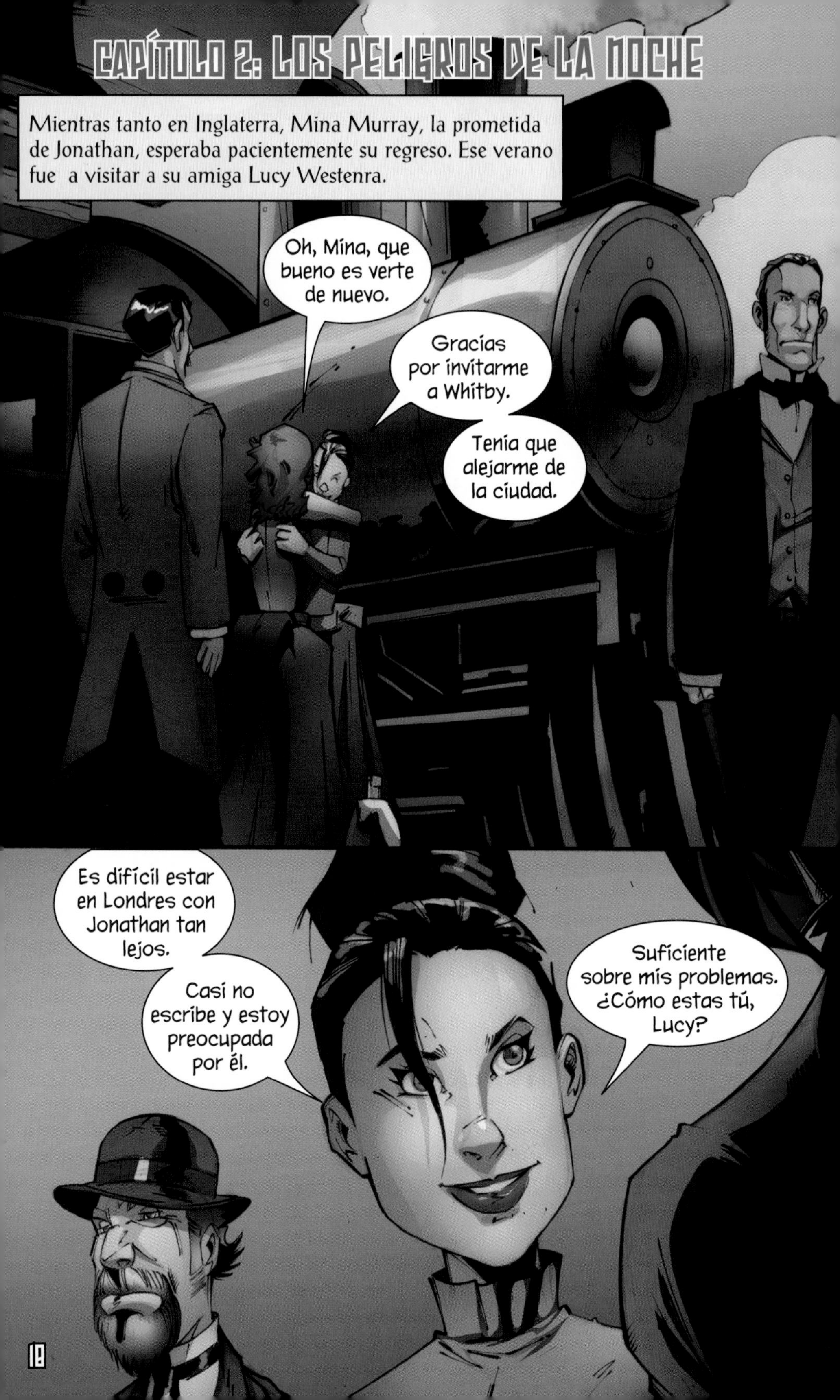

Mientras tanto en Inglaterra, Mina Murray, la prometida de Jonathan, esperaba pacientemente su regreso. Ese verano fue a visitar a su amiga Lucy Westenra.
Oh, Mina, que bueno es verte de nuevo.
Gracias por invitarme a Whitby.
Tenia que alejarme de la ciudad.
Es difícil estar en Londres con Jonathan tan lejos.
Casi no escribe y estoy preocupada por él.
Suficiente sobre mis problemas. ¿Cómo estas tú, Lucy?

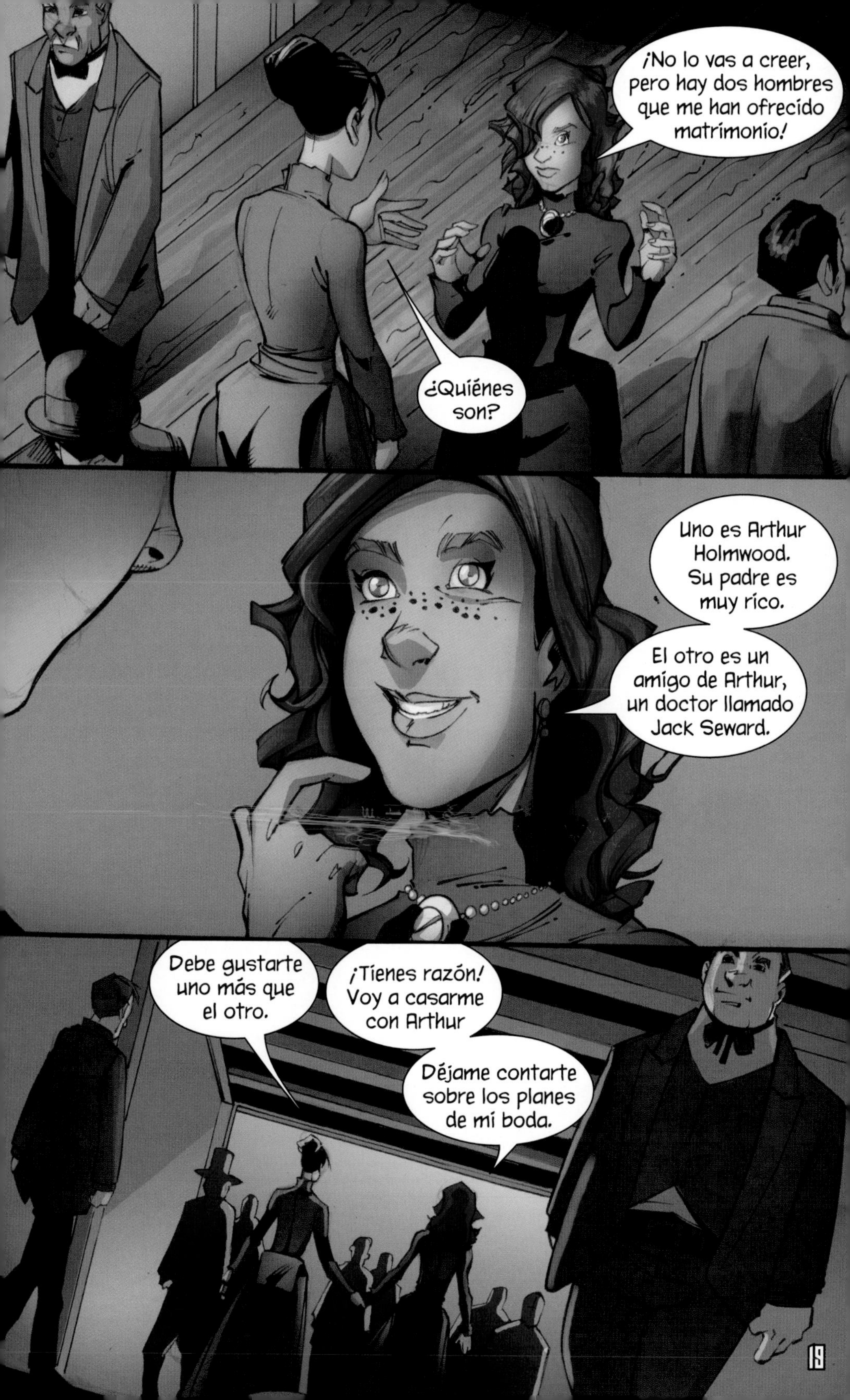
¡No lo vas a creer, pero hay dos hombres que me han ofrecido matrimonio!
¿Quiénes son?
Uno es Arthur Holmwood. Su padre es muy rico.
El otro es un amigo de Arthur, un doctor llamado Jack Seward.
Debe gustarte uno más que el otro.
¡Tienes razón! Voy a casarme con Arthur
Déjame contarte sobre los planes de mi boda.

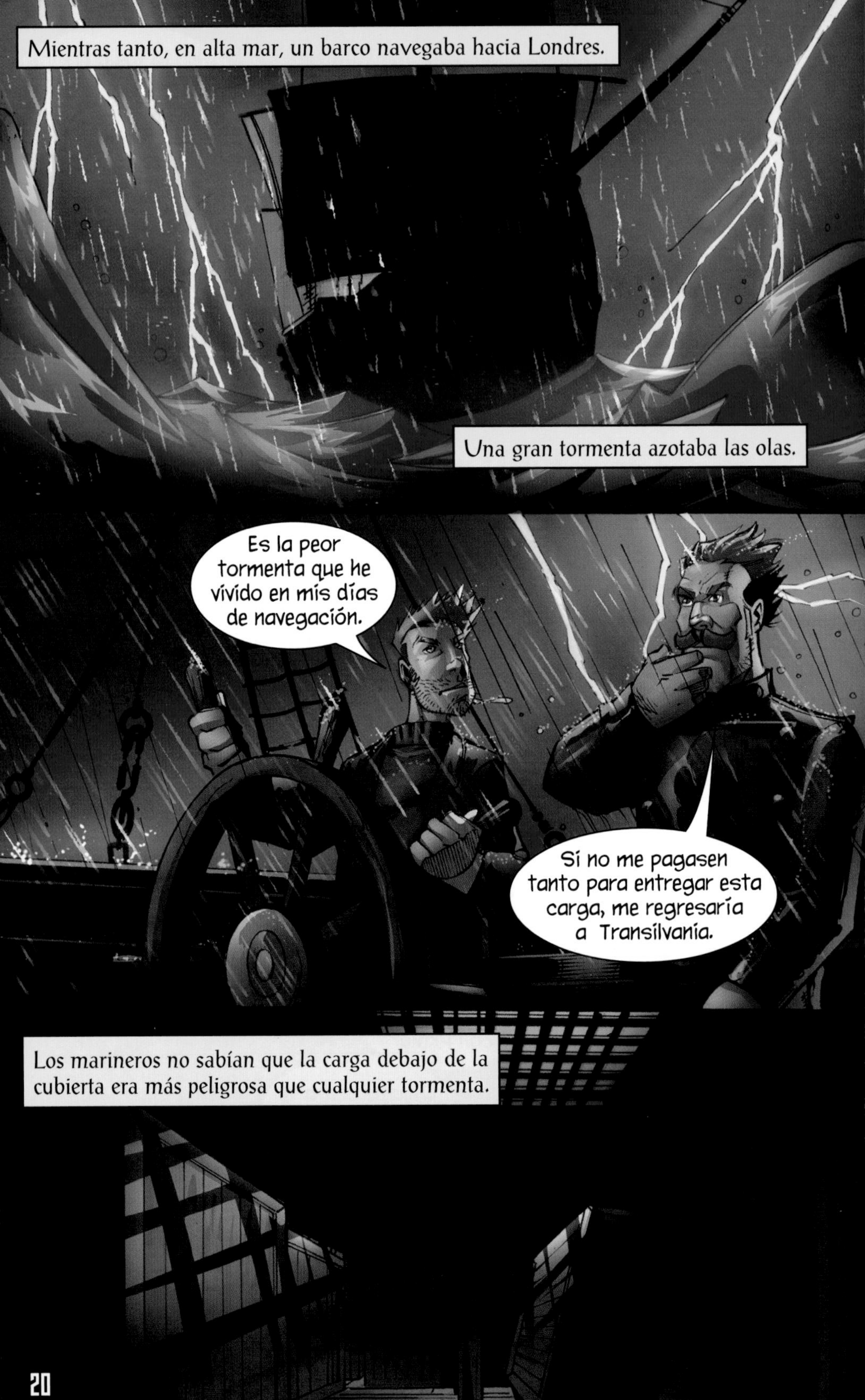
Mientras tanto, en alta mar, un barco navegaba hacia Londres.
Una gran tormenta azotaba las olas.
Es la peor tormenta que he vivido en mis días de navegación.
Si no me pagasen tanto para entregar esta carga, me regresaría a Transilvania.
Los marineros no sabían que la carga debajo de la cubierta era más peligrosa que cualquier tormenta.

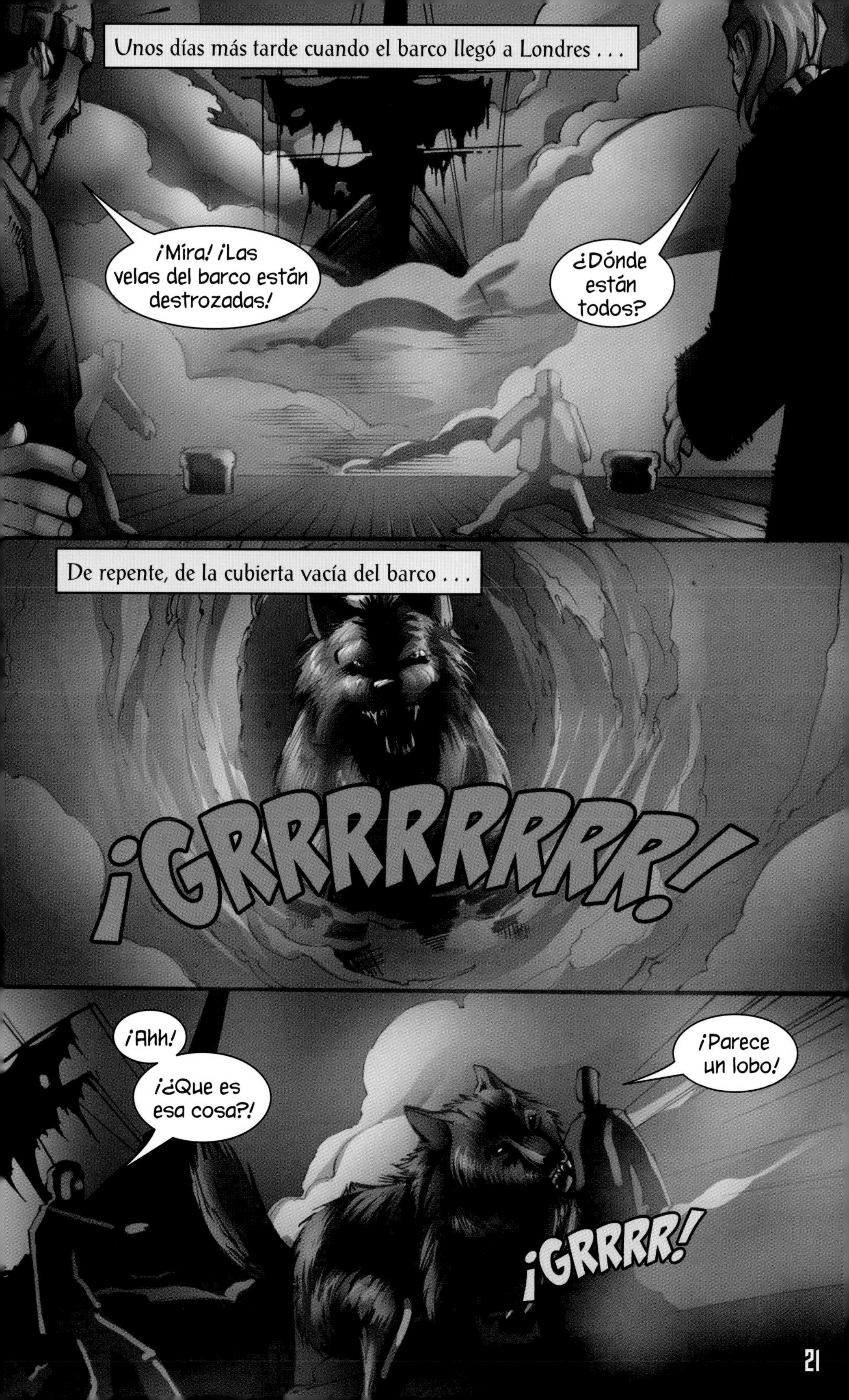
Unos días más tarde cuando el barco llegó a Londres . . .
¡Mira! ¡Las velas del barco están destrozadas!
¿Dónde están todos?
De repente, de la cubierta vacía del barco . . .
¡GRRRRRRRR!
¡Ahh!
¡¿Que es esa cosa?!
¡Parece un lobo!
¡GRRRR!

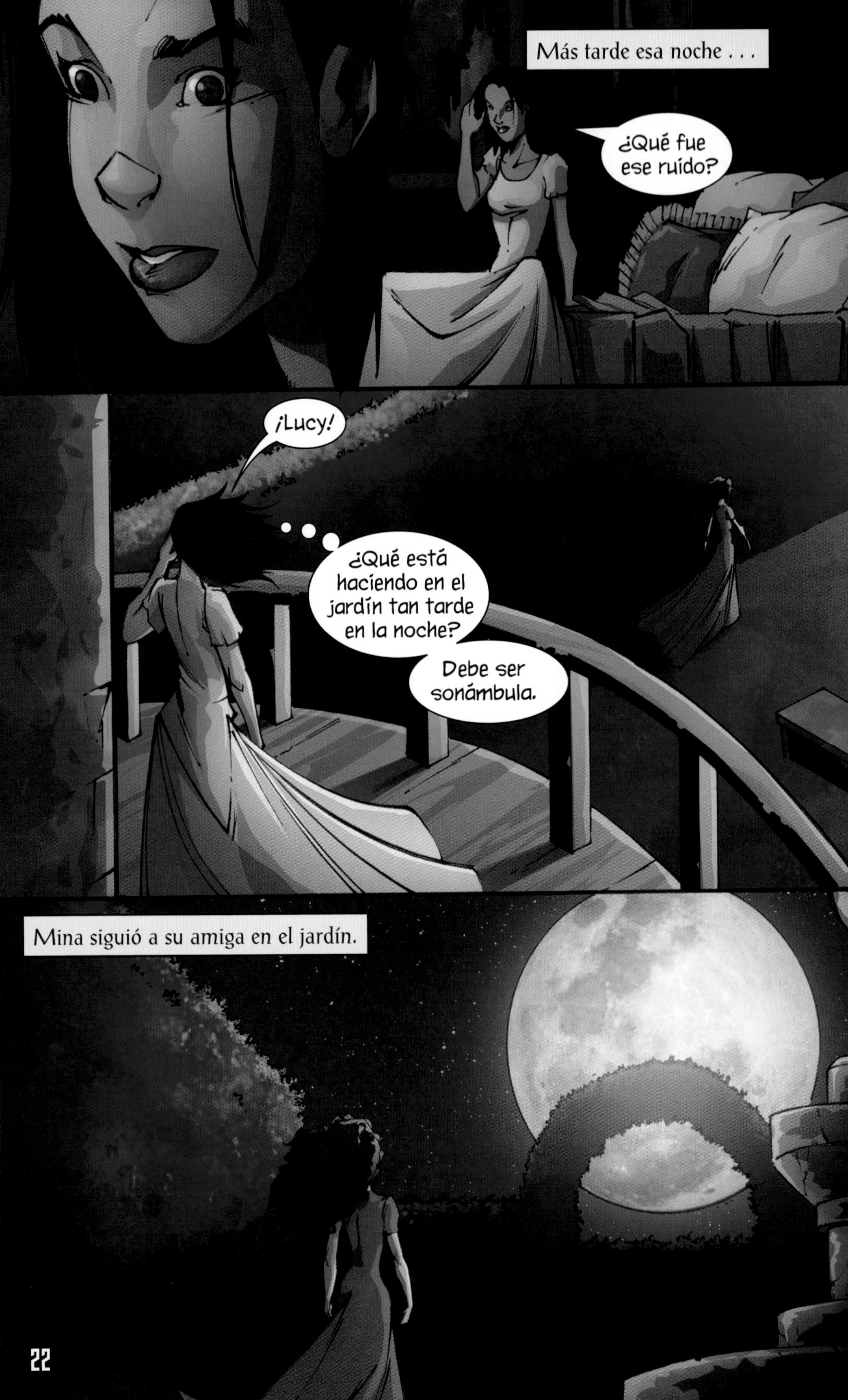
Más tarde esa noche . . .
¿Qué fue ese ruido?
¡Lucy!
¿Qué está haciendo en el jardín tan tarde en la noche?
Debe ser sonámbula.
Mina siguió a su amiga en el jardín.

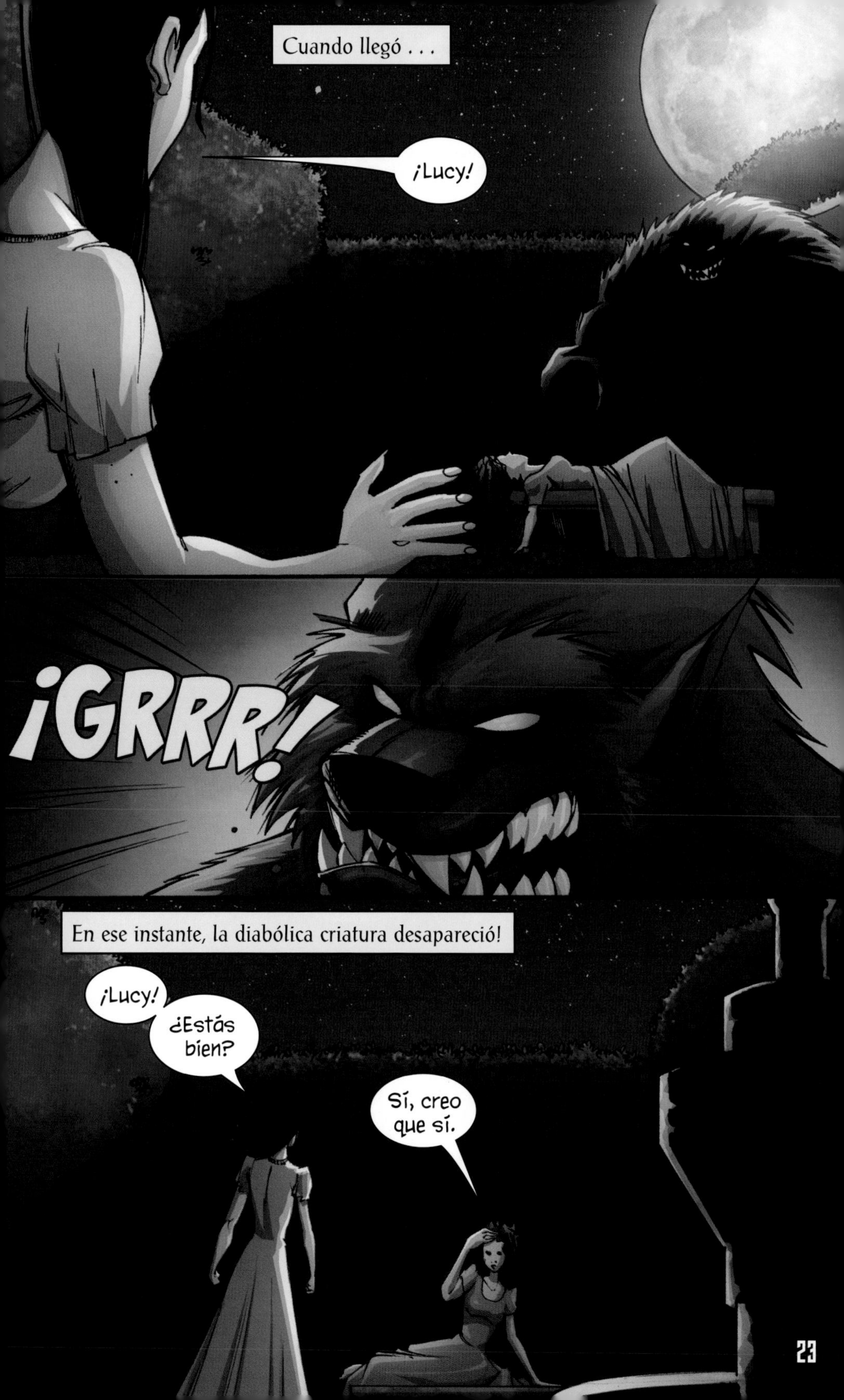
Cuando llegó . . .
¡Lucy!
¡GRRR!
En ese instante, la diabólica criatura desapareció!
¡Lucy!
¿Estás bien?
Sí, creo que sí.

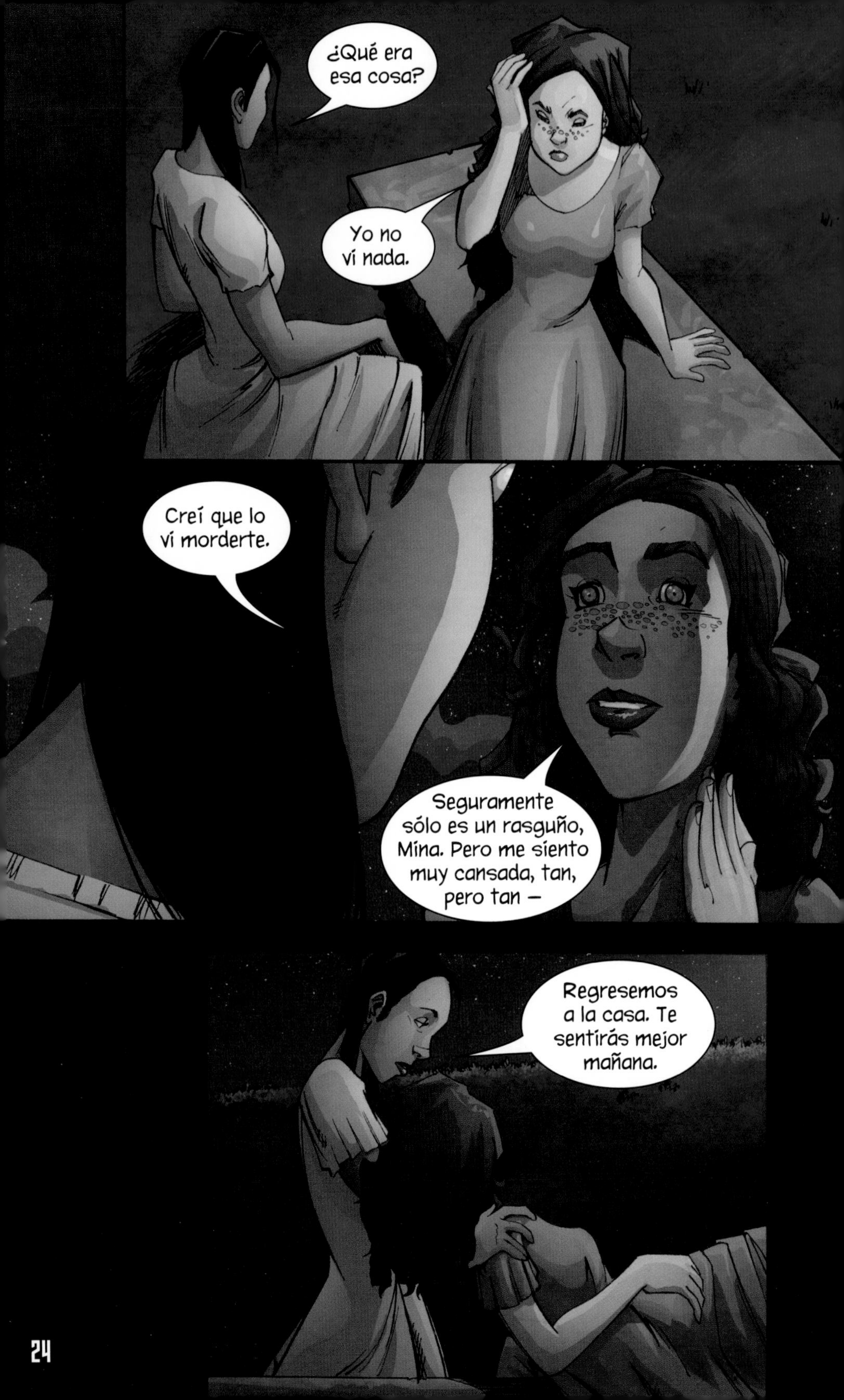
¿Qué era esa cosa?
Yo no ví nada.
Creí que lo ví morderte.
Seguramente sólo es un rasguño, Mina. Pero me siento muy cansada, tan, pero tan –
Regresemos a la casa. Te sentirás mejor mañana.

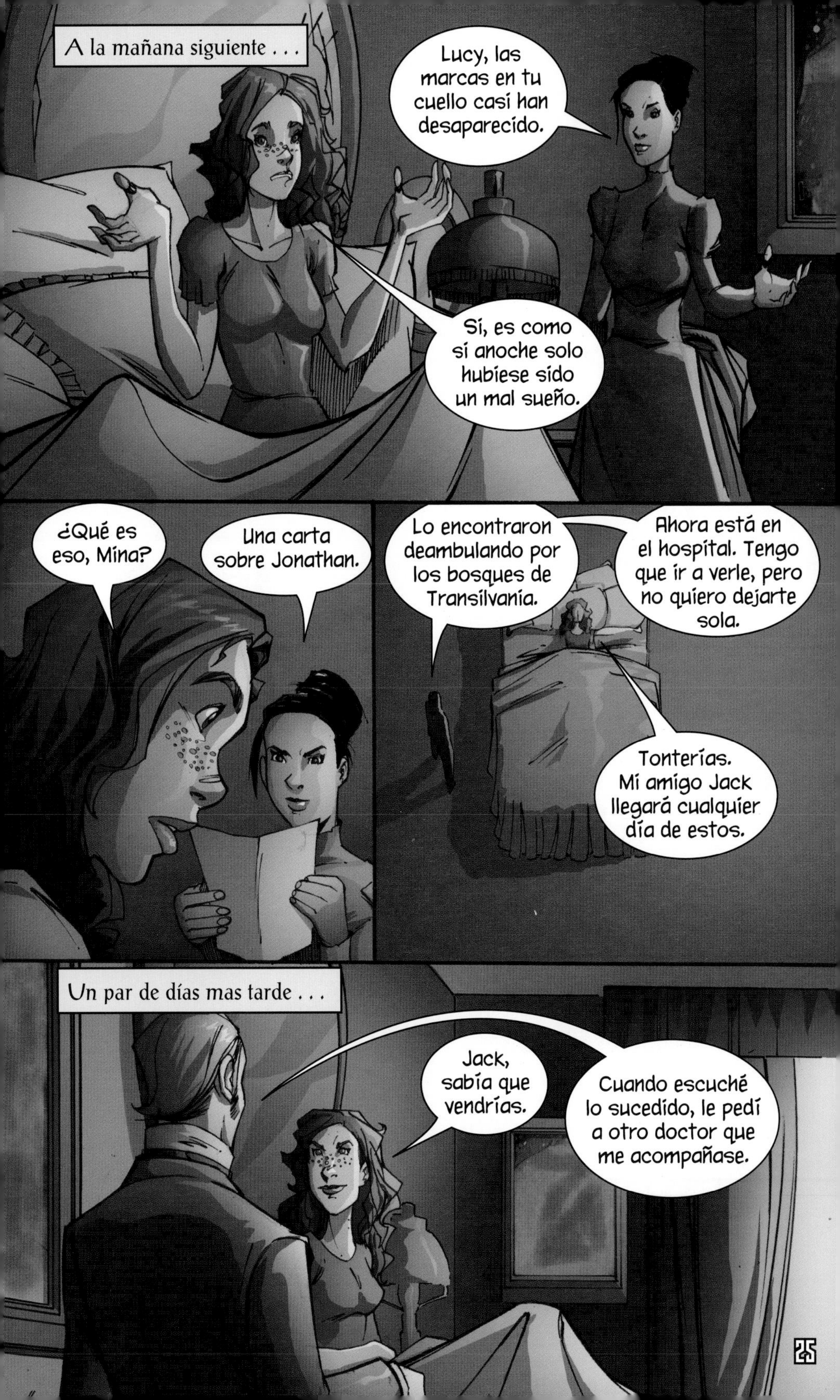
A la mañana siguiente . . .
Lucy, las marcas en tu cuello casi han desaparecido.
Sí, es como si anoche solo hubiese sido un mal sueño.
¿Qué es eso, Mina?
Una carta sobre Jonathan.
Lo encontraron deambulando por los bosques de Transilvania.
Ahora está en el hospital. Tengo que ir a verle, pero no quiero dejarte sola.
Tonterías. Mi amigo Jack llegará cualquier día de estos.
Un par de días mas tarde . . .
Jack, sabía que vendrías.
Cuando escuché lo sucedido, le pedí a otro doctor que me acompañase.

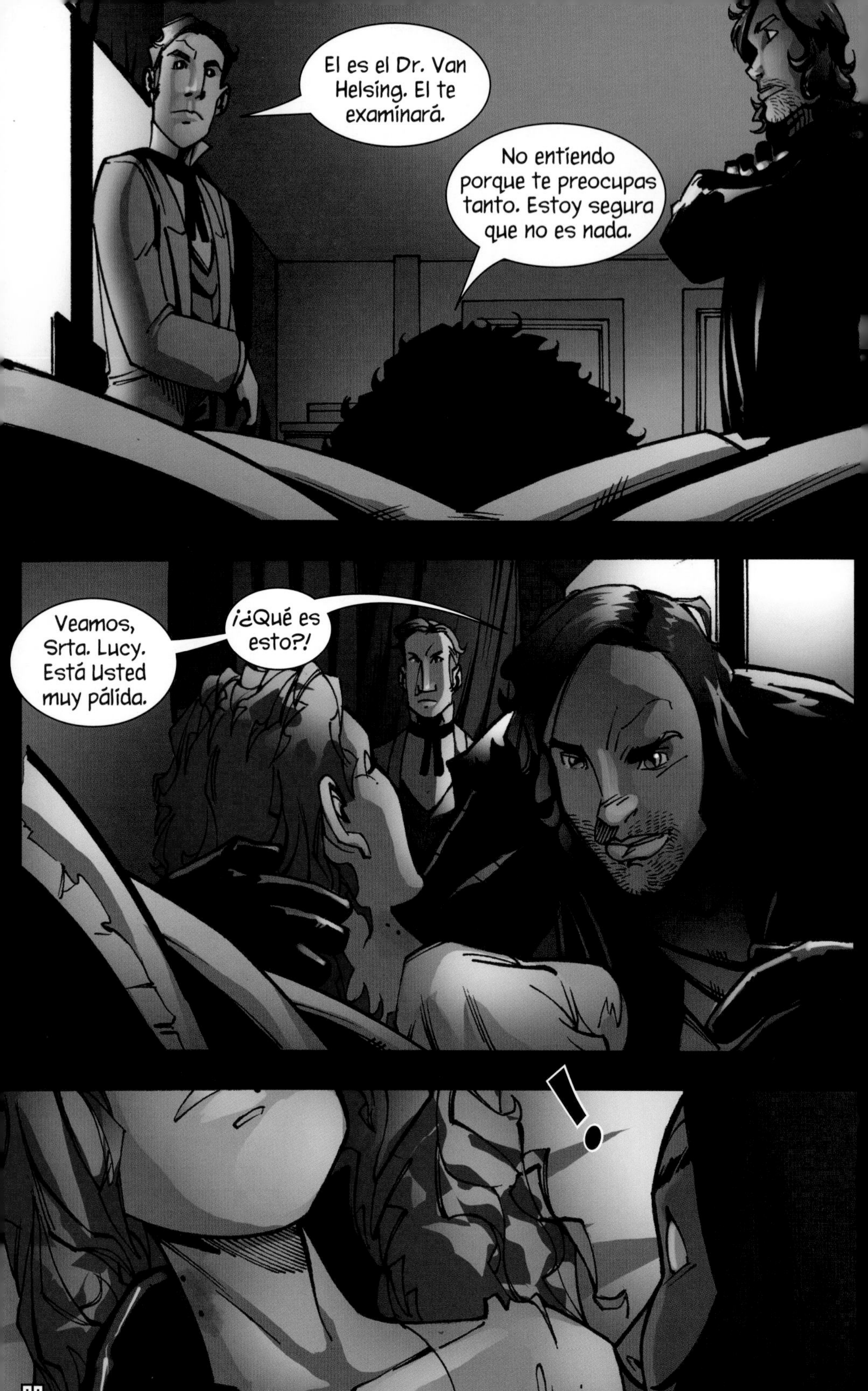
El es el Dr. Van Helsing. El te examinará.
No entiendo porque te preocupas tanto. Estoy segura que no es nada.
Veamos, Srta. Lucy. Está Usted muy pálida.
¡¿Qué es esto?!
!

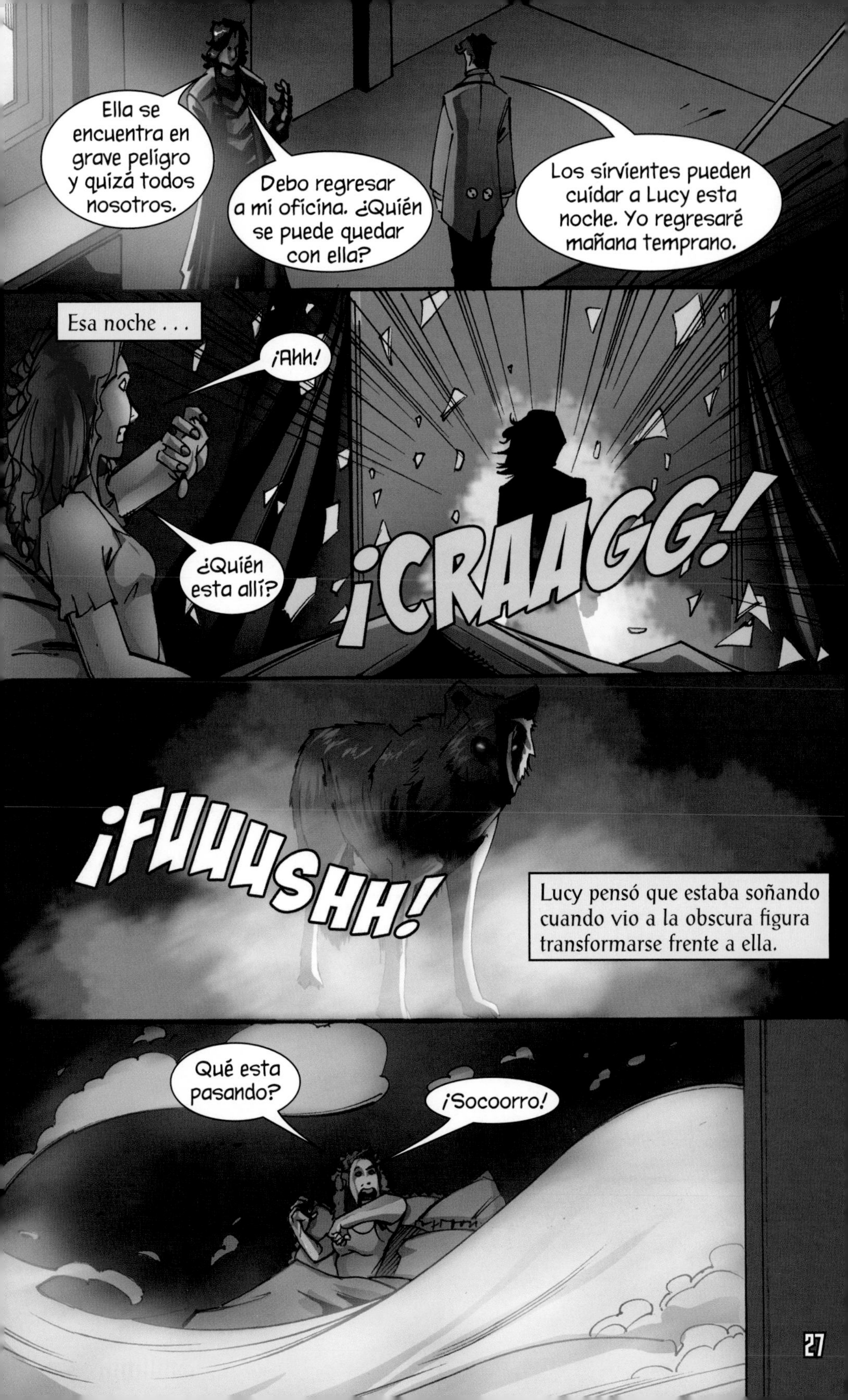
Ella se encuentra en grave peligro y quizá todos nosotros.
Debo regresar a mí oficina. ¿Quién se puede quedar con ella?
Los sirvientes pueden cuidar a Lucy esta noche. Yo regresaré mañana temprano.
Esa noche . . .
¡Ahh!
¿Quién esta allí?
¡CRAAGG!
¡FUUUSHH!
Lucy pensó que estaba soñando cuando vio a la obscura figura transformarse frente a ella.
Qué esta pasando?
¡Socoorro!

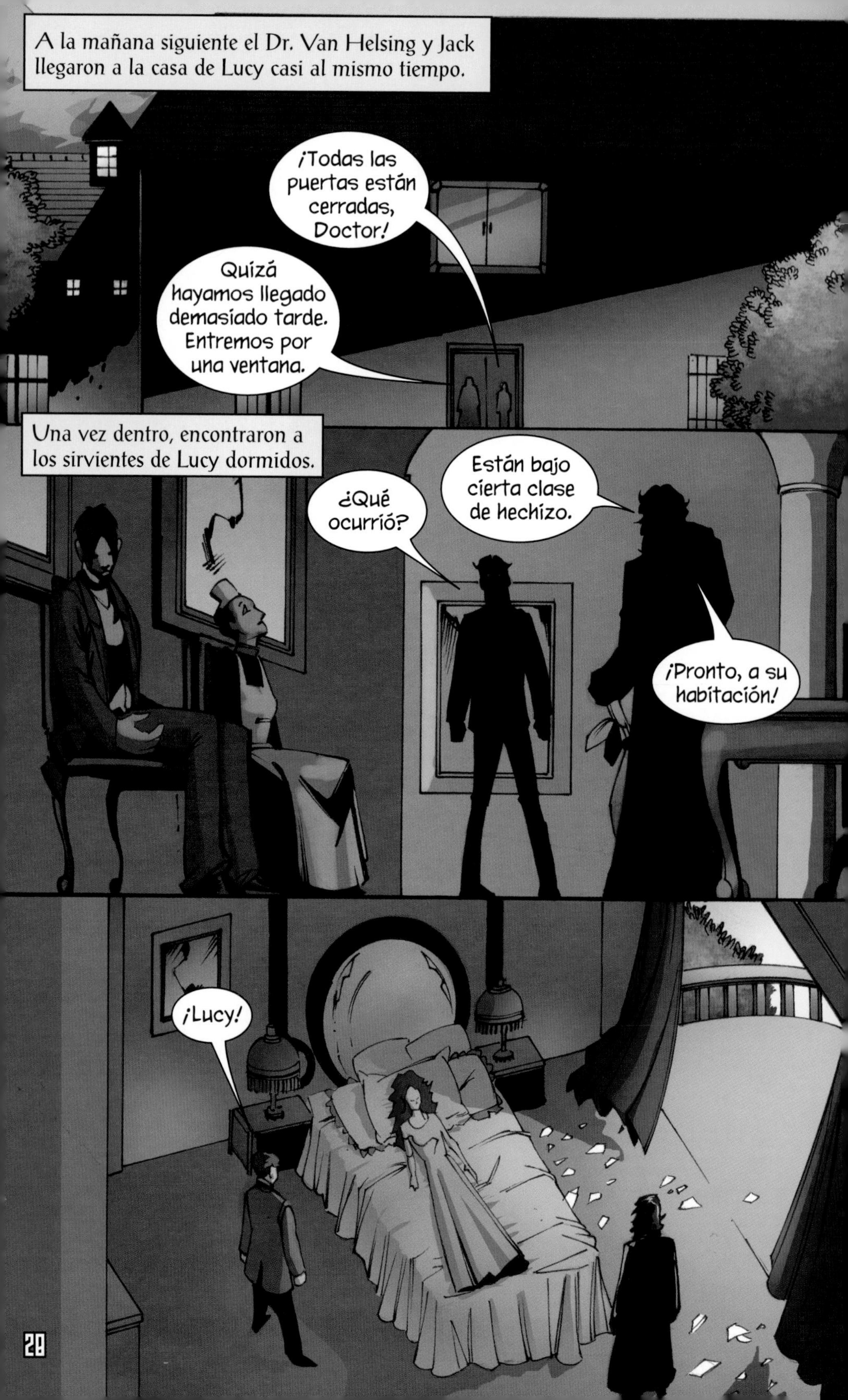
A la mañana siguiente el Dr. Van Helsing y Jack llegaron a la casa de Lucy casi al mismo tiempo.
¡Todas las puertas están cerradas, Doctor!
Quizá hayamos llegado demasiado tarde. Entremos por una ventana.
Una vez dentro, encontraron a los sirvientes de Lucy dormidos.
¿Qué ocurrió?
Están bajo cierta clase de hechizo.
¡Pronto, a su habitación!
¡Lucy!

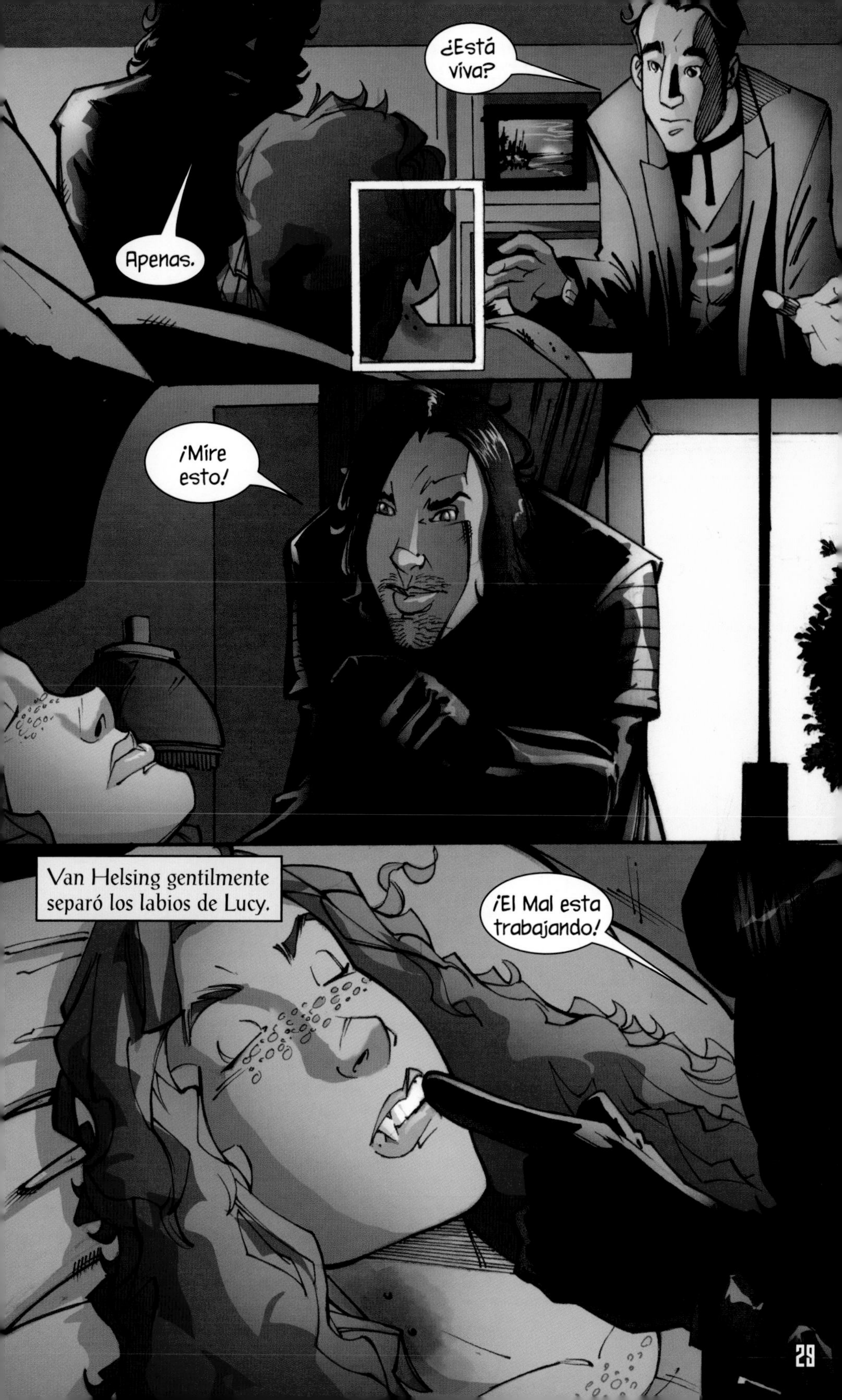
¿Está viva?
Apenas.
¡Mire esto!
Van Helsing gentilmente separó los labios de Lucy.
¡El Mal esta trabajando!

CAPÍTULO 3: UNA MUERTE MISTERIOSA

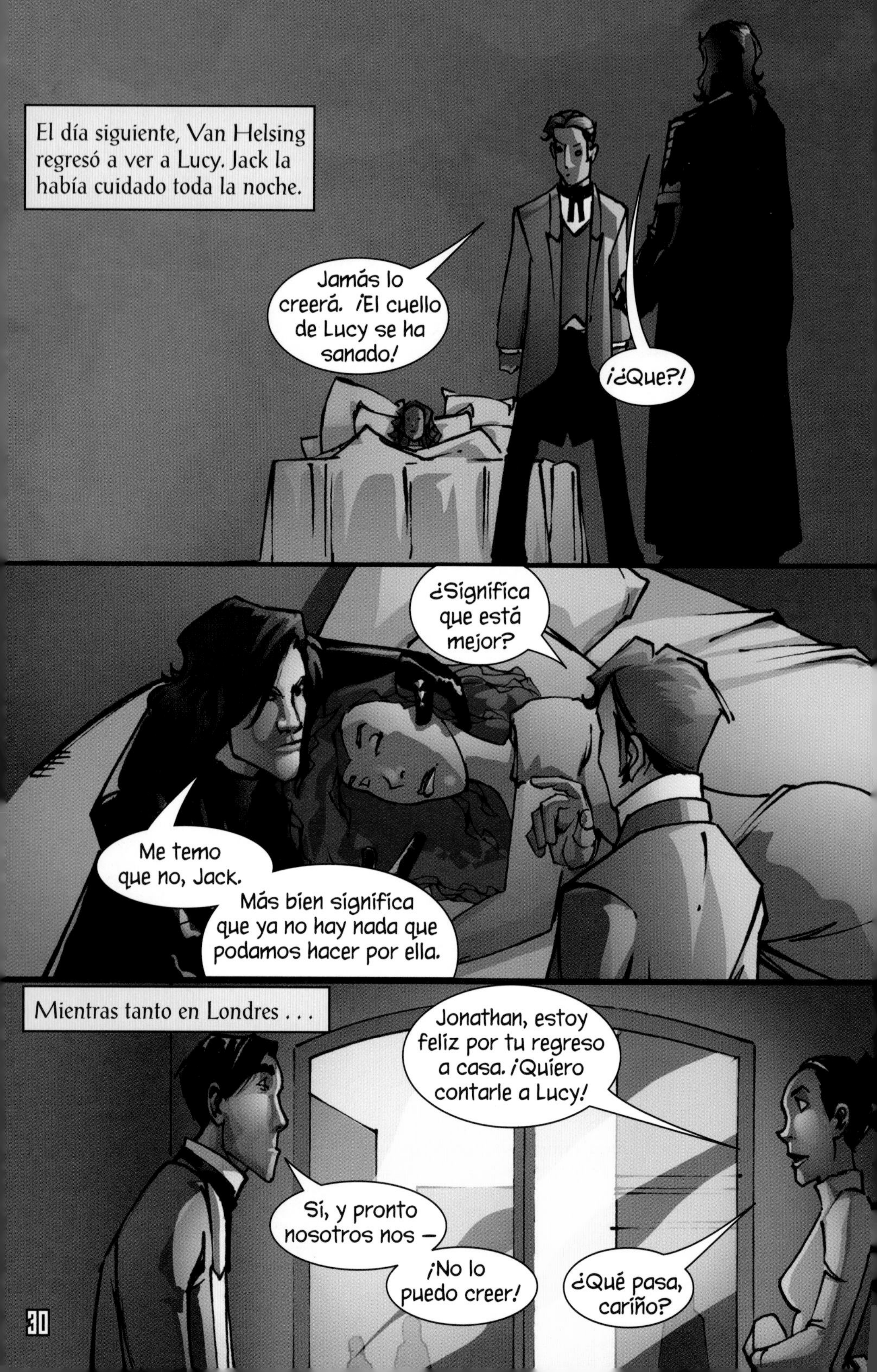
El día siguiente, Van Helsing regresó a ver a Lucy. Jack la había cuidado toda la noche.
Jamás lo creerá. ¡El cuello de Lucy se ha sanado!
¡¿Que?!
¿Significa que está mejor?
Me temo que no, Jack.
Más bien significa que ya no hay nada que podamos hacer por ella.
Mientras tanto en Londres . . .
Jonathan, estoy feliz por tu regreso a casa. ¡Quiero contarle a Lucy!
Sí, y pronto nosotros nos —
¡No lo puedo creer!
¿Qué pasa, cariño?

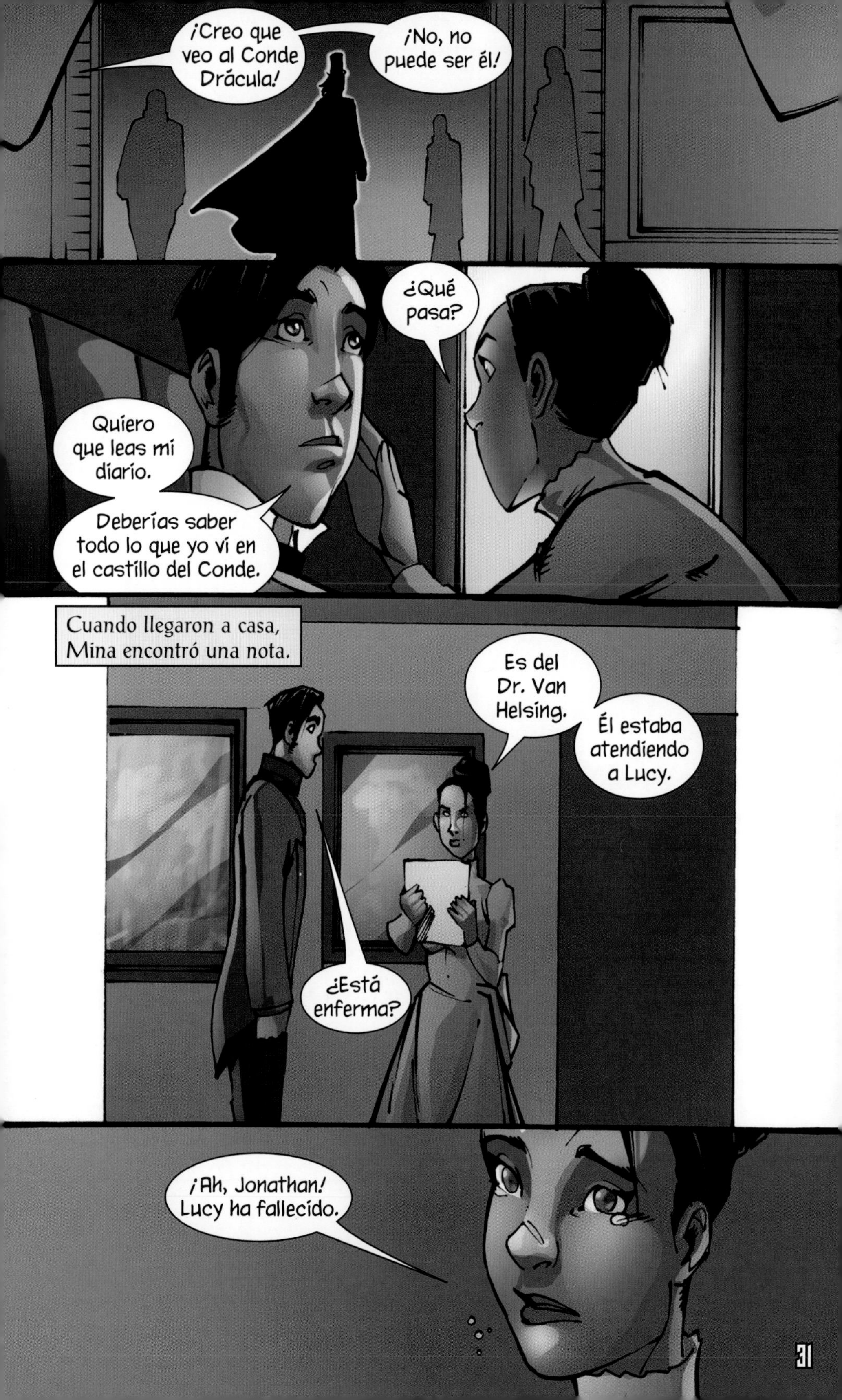

¡Creo que veo al Conde Drácula!
¡No, no puede ser él!
¿Qué pasa?
Quiero que leas mi diario.
Deberías saber todo lo que yo vi en el castillo del Conde.
Cuando llegaron a casa, Mina encontró una nota.
Es del Dr. Van Helsing.
Él estaba atendiendo a Lucy.
¿Está enferma?
¡Ah, Jonathan! Lucy ha fallecido.

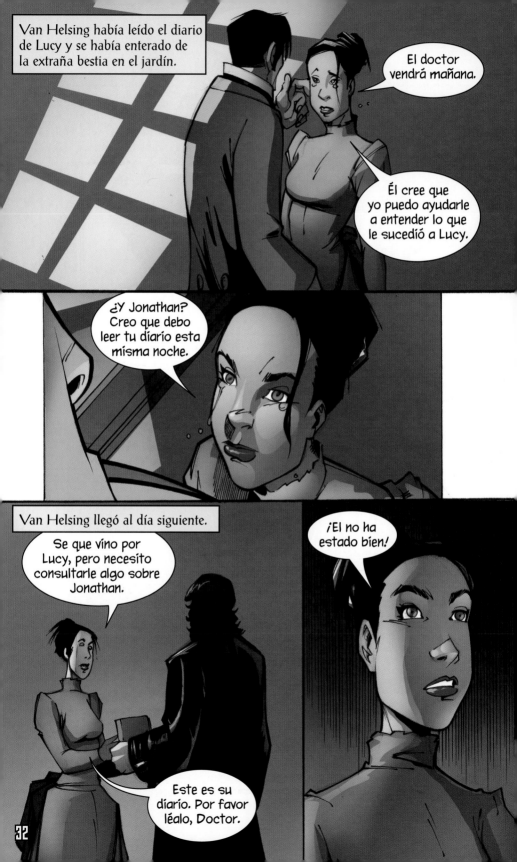

Van Helsing había leído el diario de Lucy y se había enterado de la extraña bestia en el jardín.

El doctor vendrá mañana.

Él cree que yo puedo ayudarle a entender lo que le sucedió a Lucy.

¿Y Jonathan? Creo que debo leer tu diario esta misma noche.

Van Helsing llegó al día siguiente.

Se que vino por Lucy, pero necesito consultarle algo sobre Jonathan.

¡El no ha estado bien!

Este es su diario. Por favor léalo, Doctor.

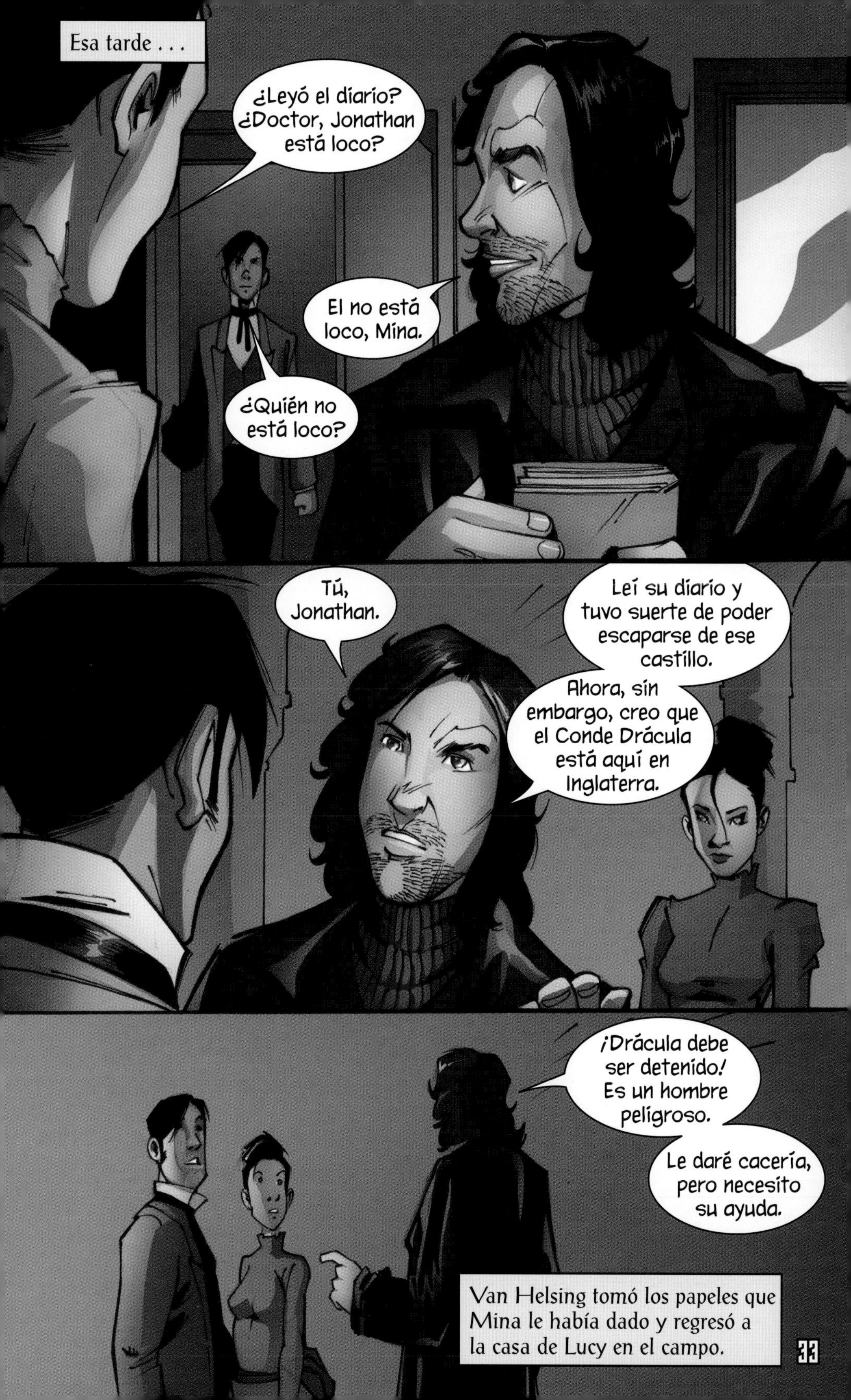
Esa tarde . . .
¿Leyó el diario? ¿Doctor, Jonathan está loco?
El no está loco, Mina.
¿Quién no está loco?
Tú, Jonathan.
Leí su diario y tuvo suerte de poder escaparse de ese castillo.
Ahora, sin embargo, creo que el Conde Drácula está aquí en Inglaterra.
¡Drácula debe ser detenido! Es un hombre peligroso.
Le daré cacería, pero necesito su ayuda.
Van Helsing tomó los papeles que Mina le había dado y regresó a la casa de Lucy en el campo.

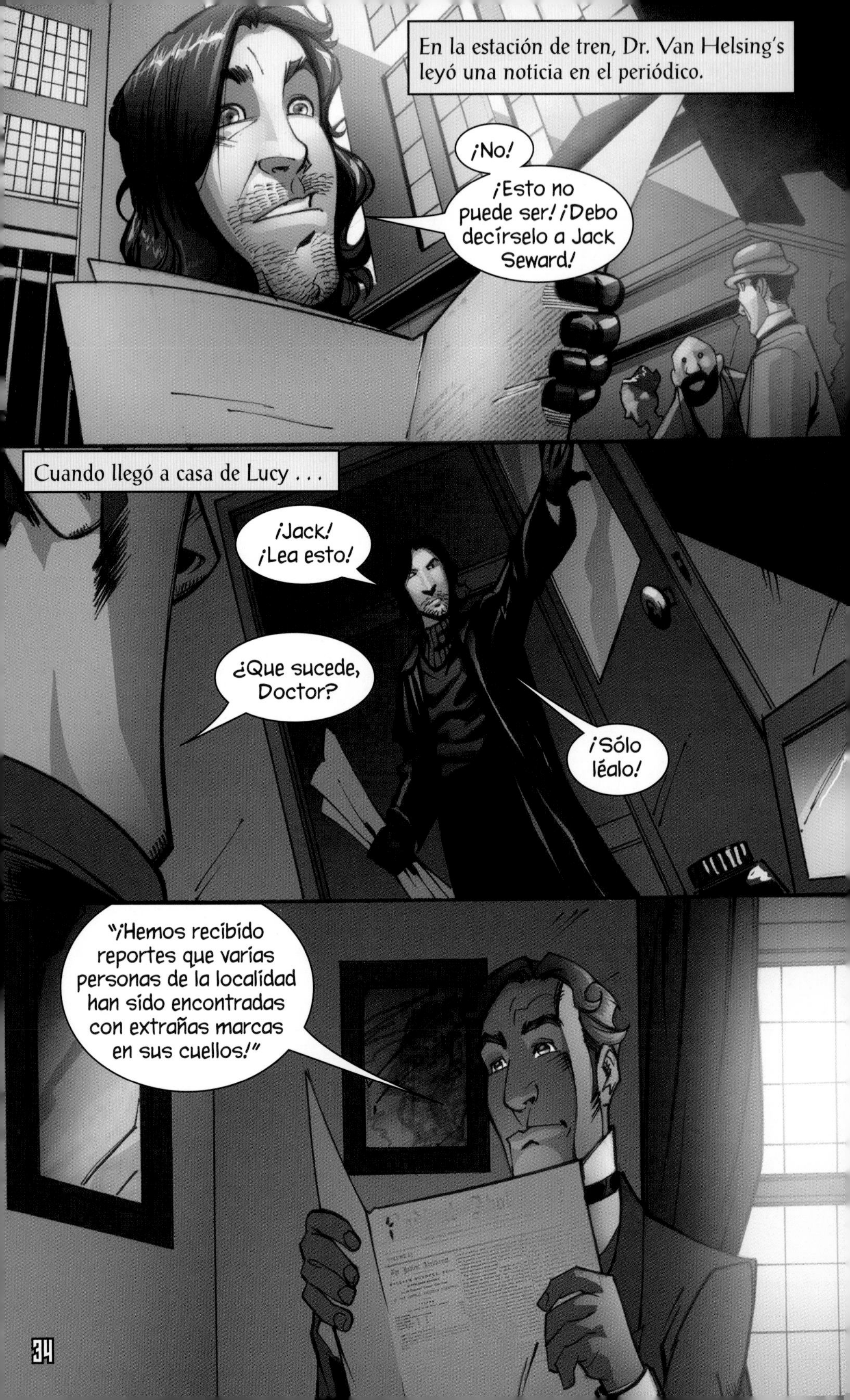
En la estación de tren, Dr. Van Helsing's leyó una noticia en el periódico.
¡No!
¡Esto no puede ser! ¡Debo decírselo a Jack Seward!
Cuando llegó a casa de Lucy . . .
¡Jack! ¡Lea esto!
¿Que sucede, Doctor?
¡Sólo léalo!
"¡Hemos recibido reportes que varias personas de la localidad han sido encontradas con extrañas marcas en sus cuellos!"

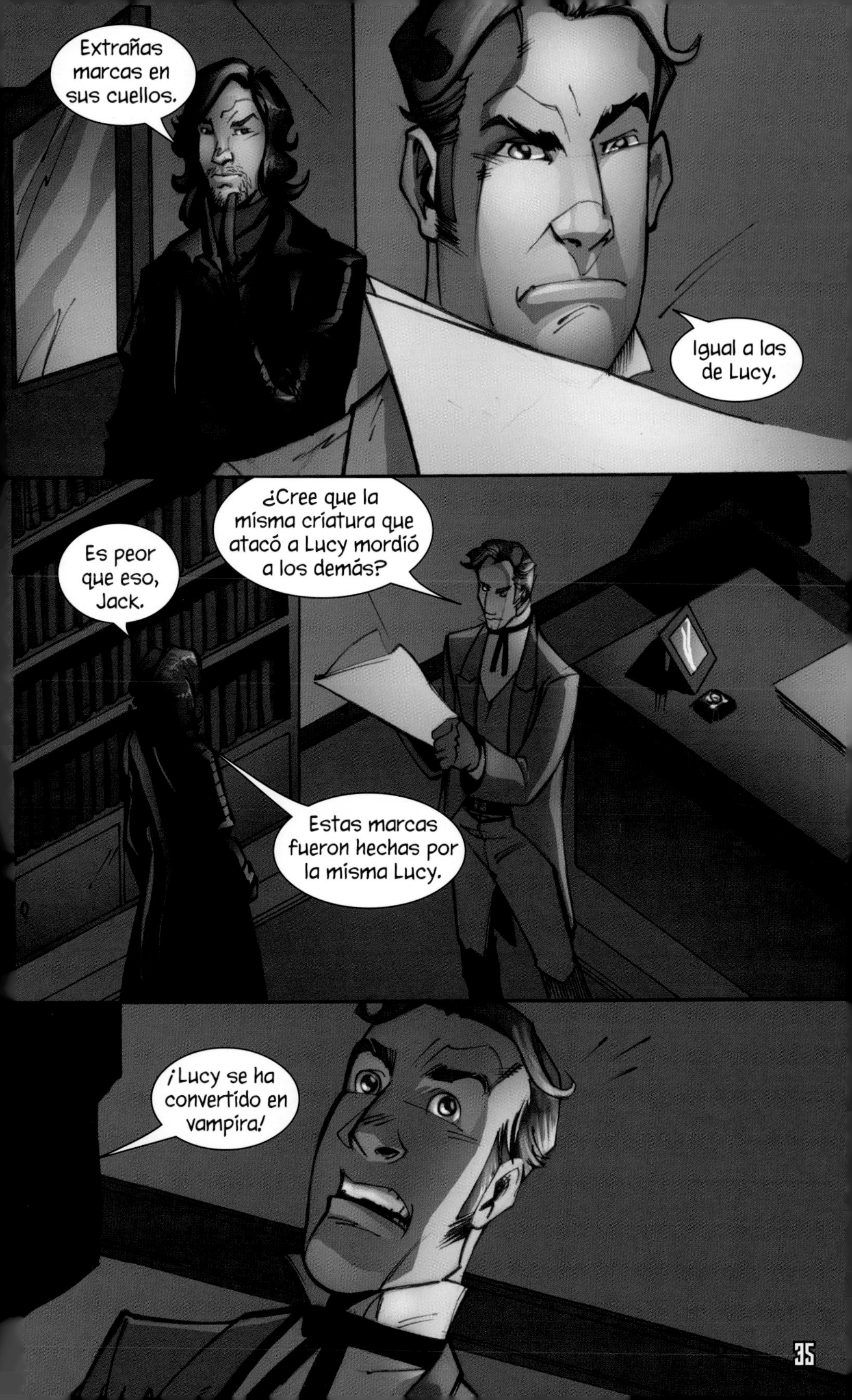
Extrañas marcas en sus cuellos.
Igual a las de Lucy.
Es peor que eso, Jack.
¿Cree que la misma criatura que atacó a Lucy mordió a los demás?
Estas marcas fueron hechas por la misma Lucy.
¡Lucy se ha convertido en vampira!

CAPÍTULO 4: LOS NO MUERTOS

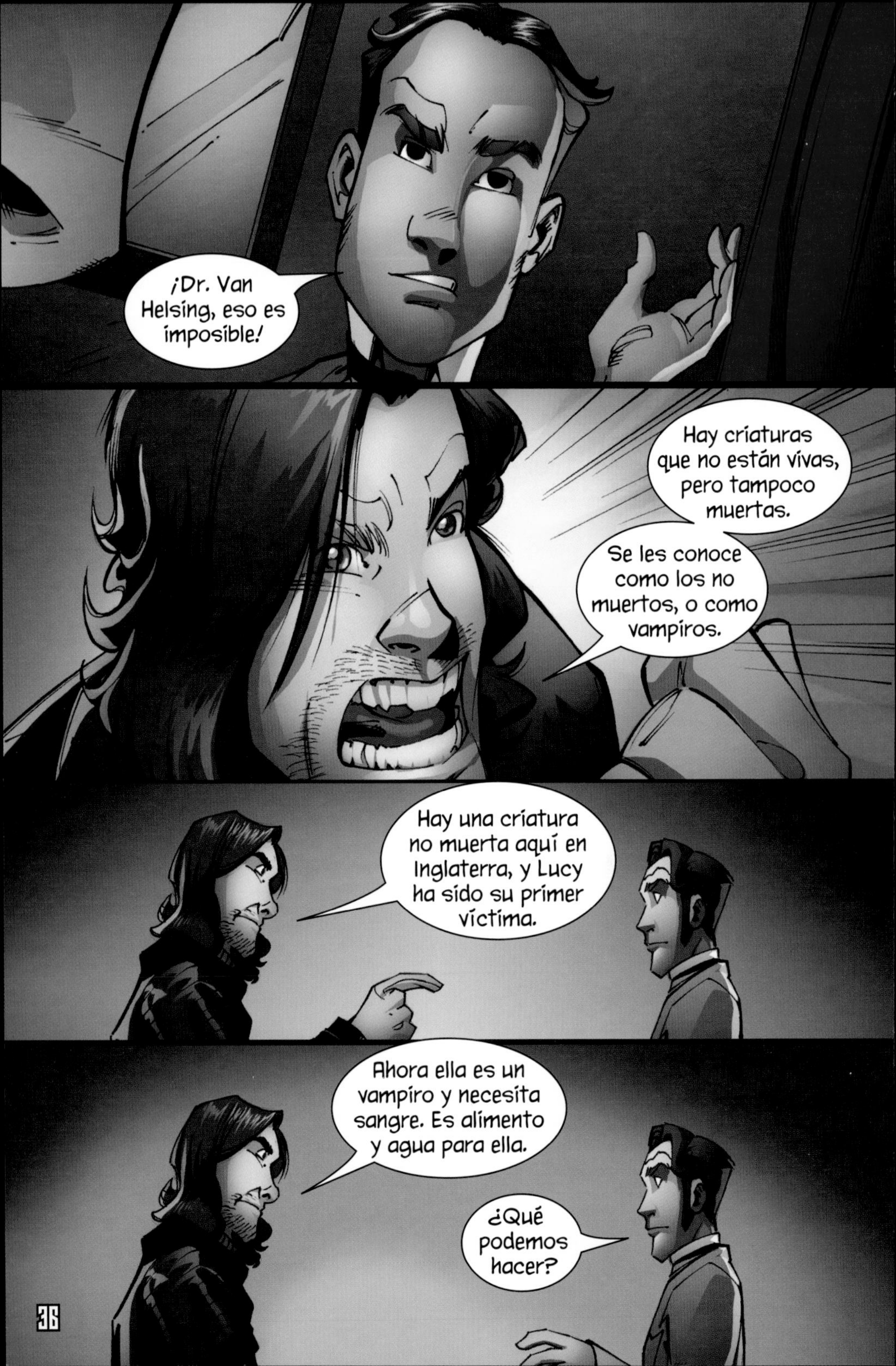
¡Dr. Van Helsing, eso es imposible!
Hay criaturas que no están vivas, pero tampoco muertas.
Se les conoce como los no muertos, o como vampiros.
Hay una criatura no muerta aquí en Inglaterra, y Lucy ha sido su primer víctima.
Ahora ella es un vampiro y necesita sangre. Es alimento y agua para ella.
¿Qué podemos hacer?

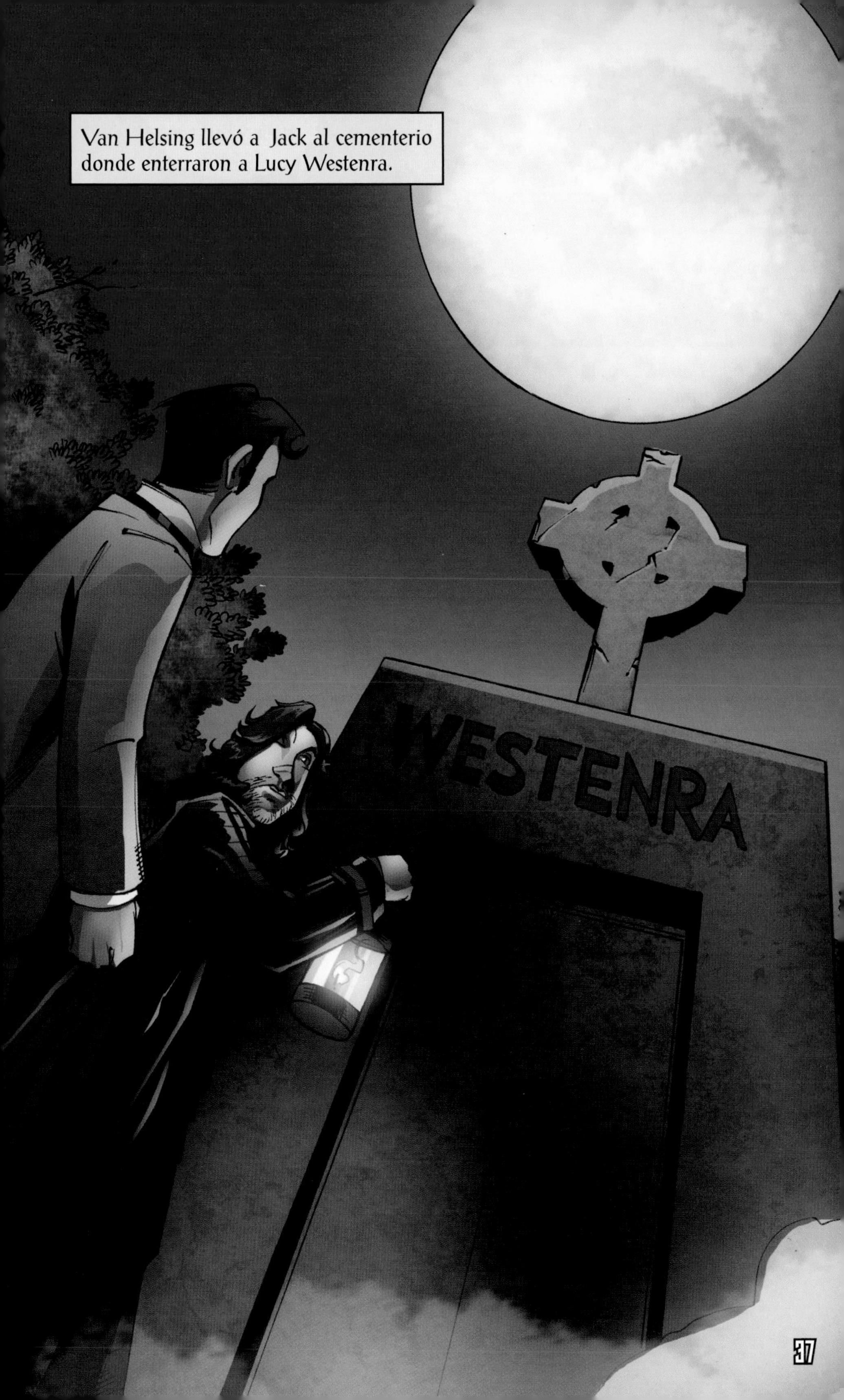
Van Helsing llevó a Jack al cementerio donde enterraron a Lucy Westenra.
WESTENRA

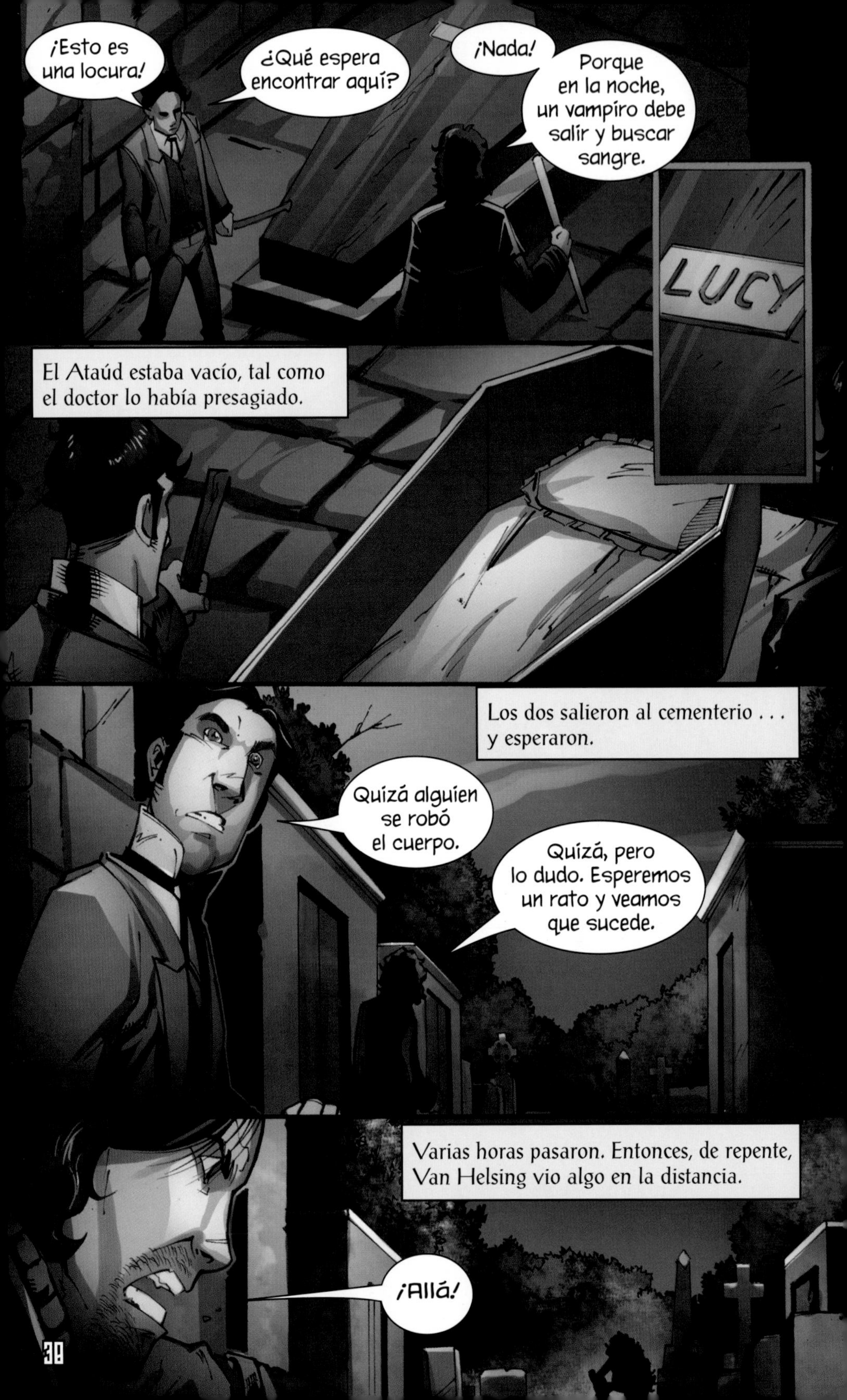
¡Esto es una locura!
¿Qué espera encontrar aquí?
¡Nada!
Porque en la noche, un vampiro debe salir y buscar sangre.
LUCY
El Ataúd estaba vacío, tal como el doctor lo había presagiado.
Los dos salieron al cementerio . . . y esperaron.
Quizá alguien se robó el cuerpo.
Quizá, pero lo dudo. Esperemos un rato y veamos que sucede.
Varias horas pasaron. Entonces, de repente, Van Helsing vio algo en la distancia.
¡Allá!

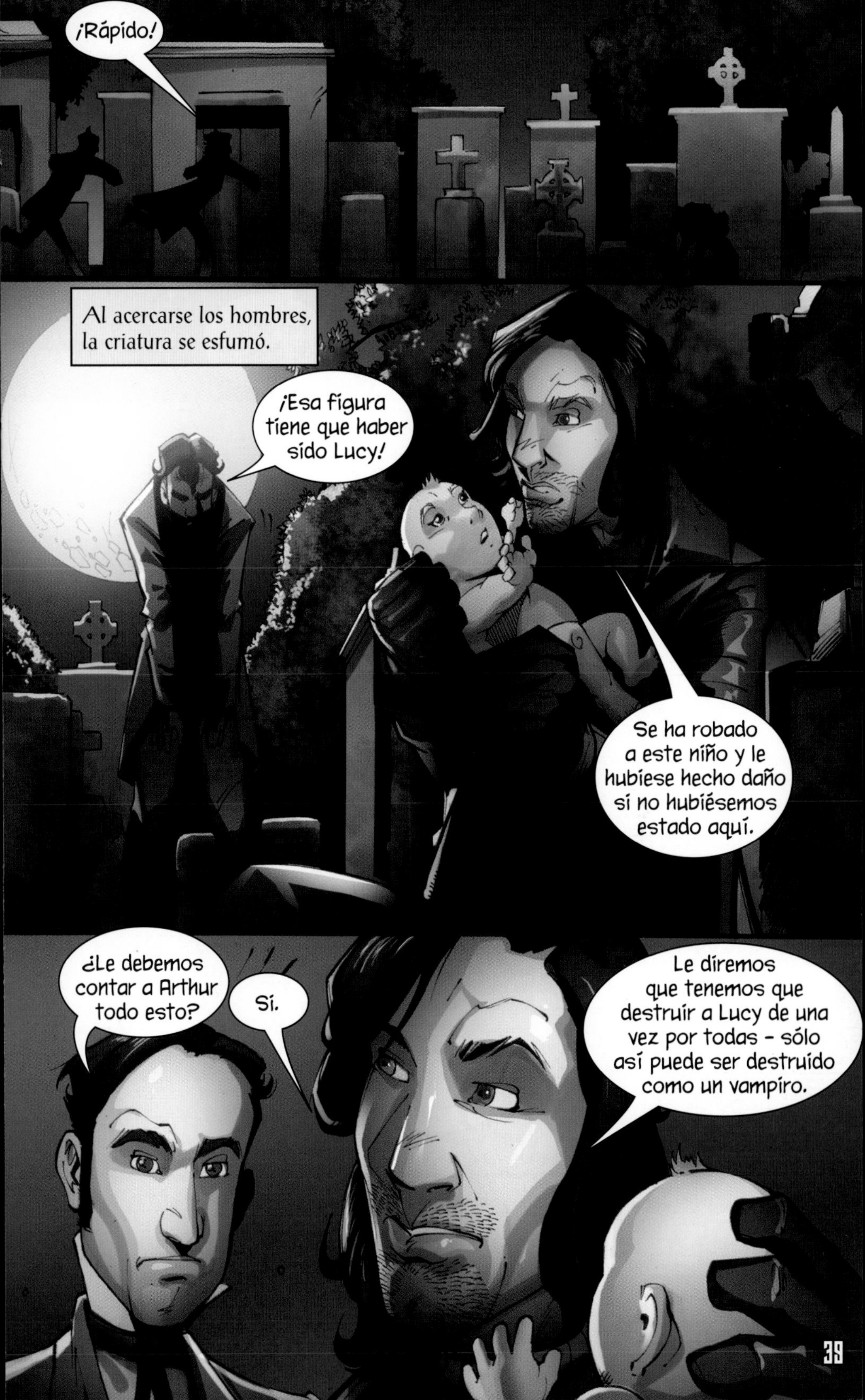
¡Rápido!
Al acercarse los hombres, la criatura se esfumó.
¡Esa figura tiene que haber sido Lucy!
Se ha robado a este niño y le hubiese hecho daño si no hubiésemos estado aquí.
¿Le debemos contar a Arthur todo esto?
Sí.
Le diremos que tenemos que destruir a Lucy de una vez por todas - sólo así puede ser destruido como un vampiro.

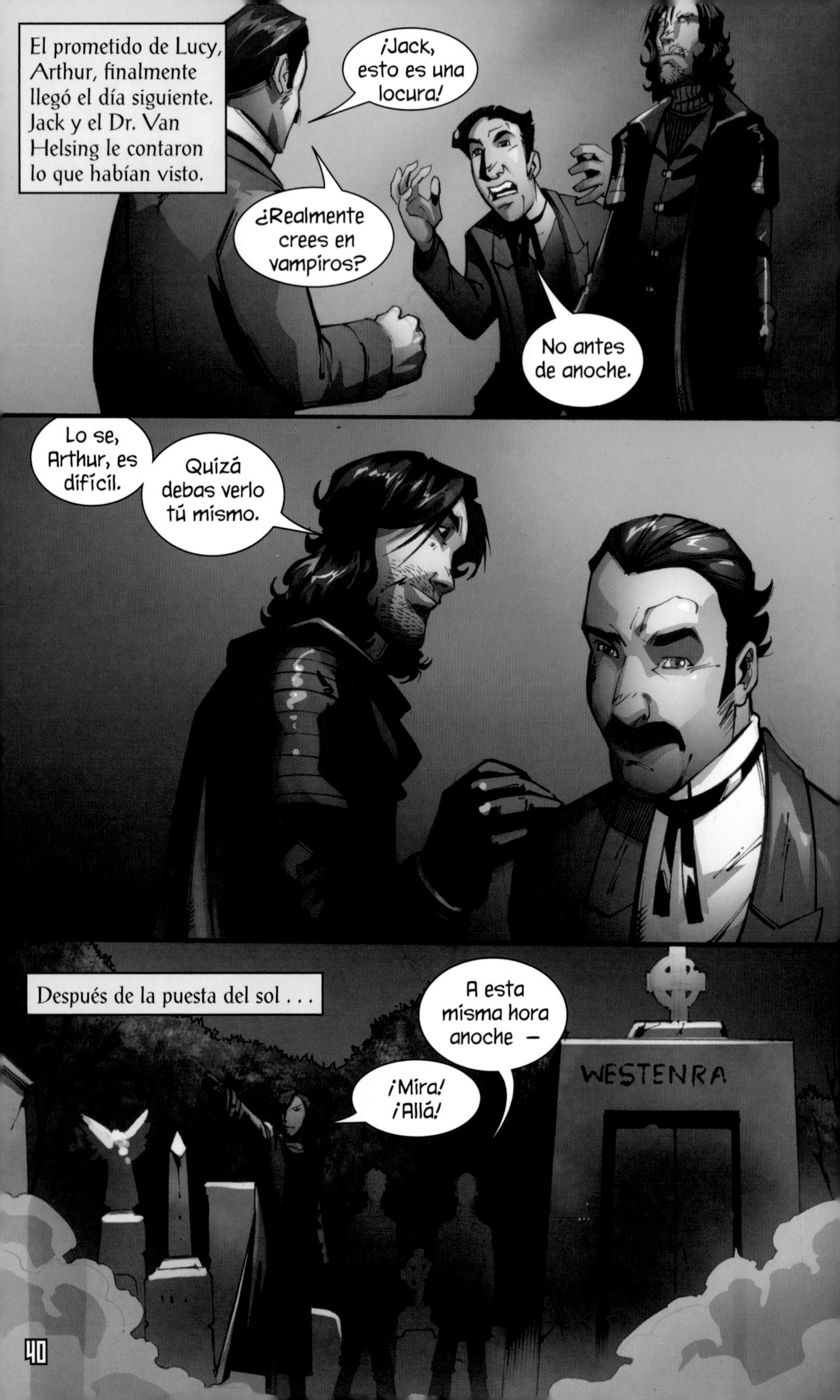
El prometido de Lucy, Arthur, finalmente llegó el día siguiente. Jack y el Dr. Van Helsing le contaron lo que habían visto.
¡Jack, esto es una locura!
¿Realmente crees en vampiros?
No antes de anoche.
Lo se, Arthur, es difícil.
Quizá debas verlo tú mismo.
Después de la puesta del sol . . .
A esta misma hora anoche –
WESTENRA
¡Mira! ¡Allá!

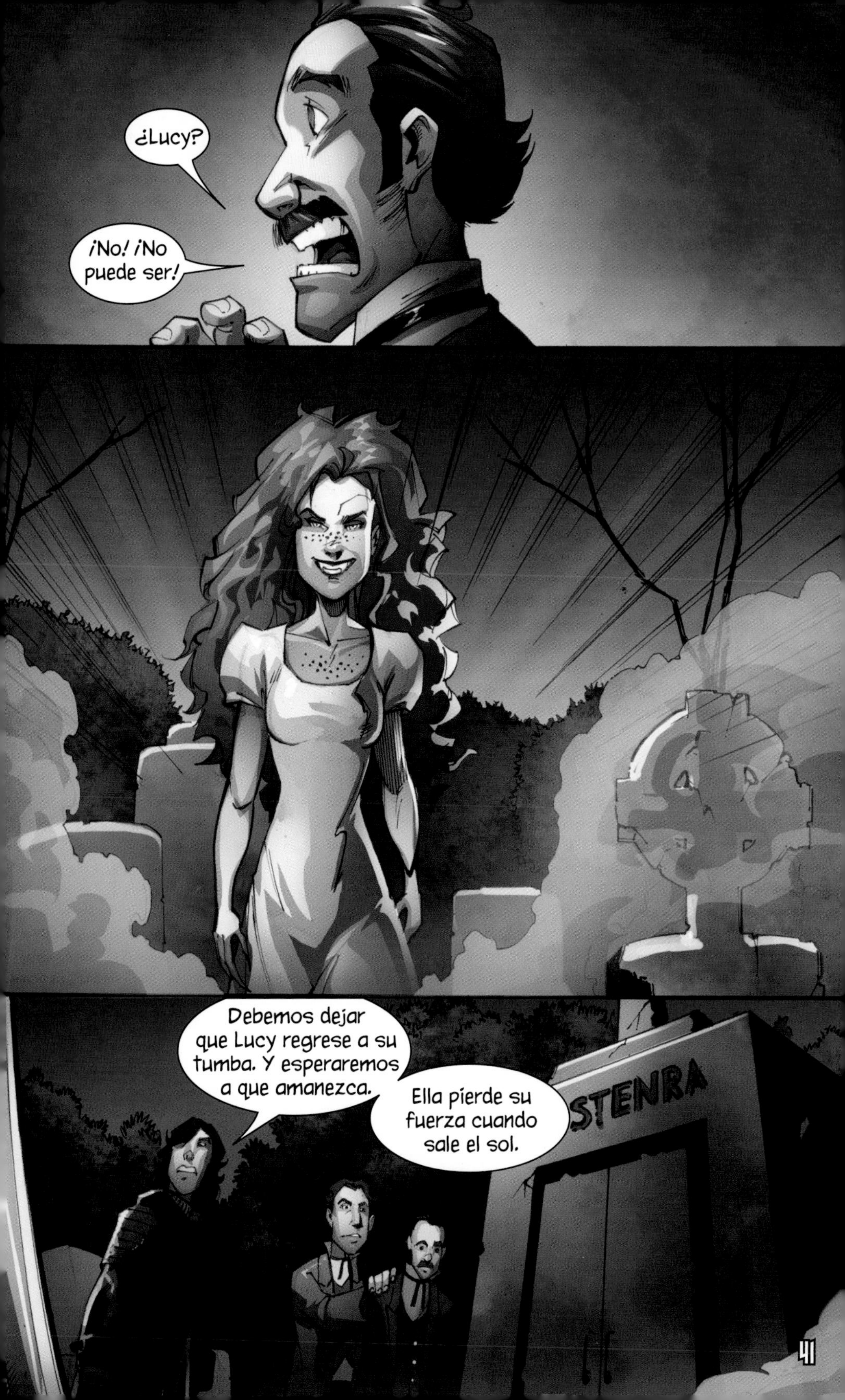
¿Lucy?
¡No! ¡No puede ser!
Debemos dejar que Lucy regrese a su tumba. Y esperaremos a que amanezca.
Ella pierde su fuerza cuando sale el sol.
STENRA

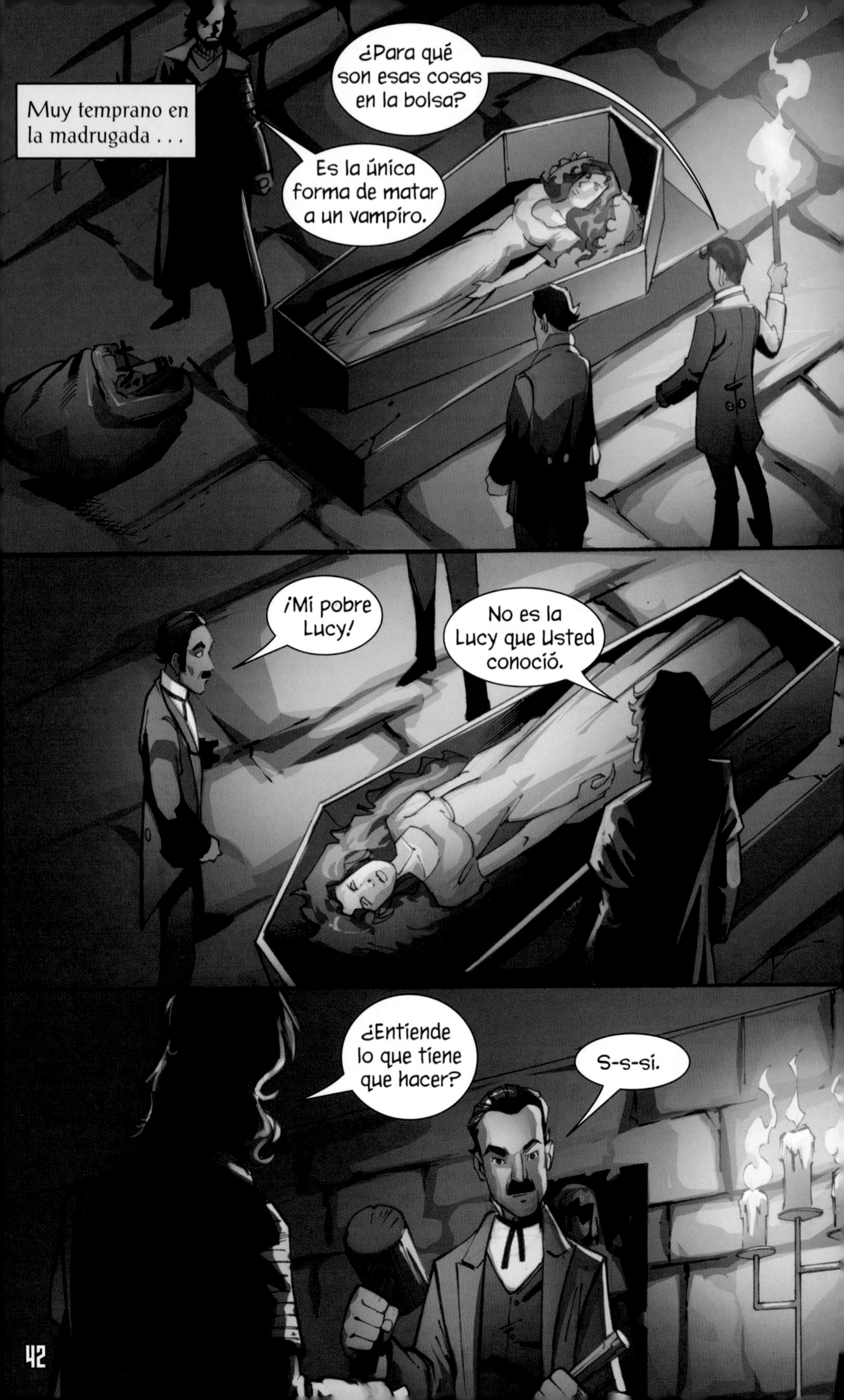
Muy temprano en la madrugada . . .
¿Para qué son esas cosas en la bolsa?
Es la única forma de matar a un vampiro.
¡Mi pobre Lucy!
No es la Lucy que Usted conoció.
¿Entiende lo que tiene que hacer?
S-s-sí.

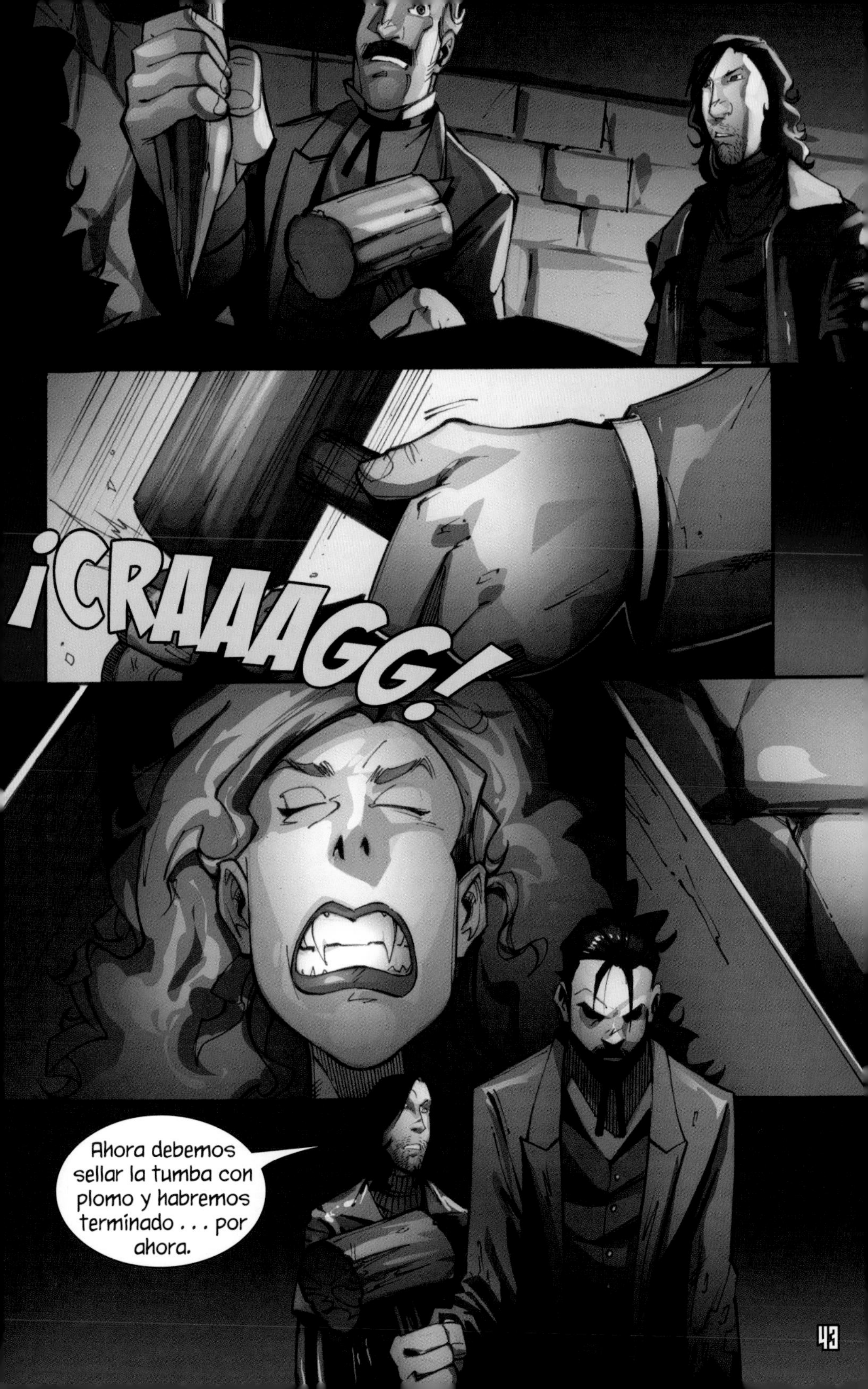
¡CRAAAGG!
Ahora debemos sellar la tumba con plomo y habremos terminado . . . por ahora.

CAPITULO 5: LA CACERIA COMIENZA

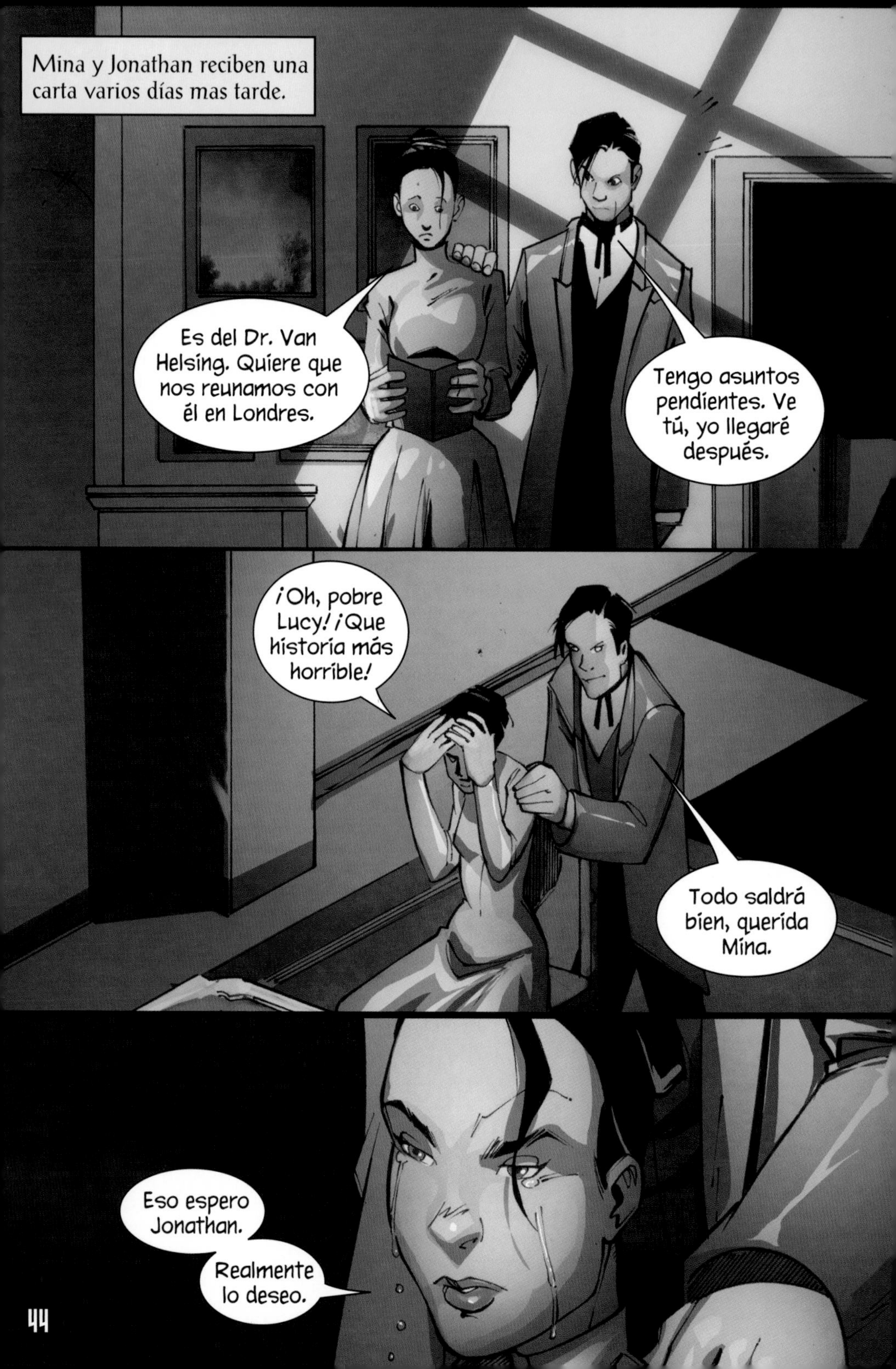
Mina y Jonathan reciben una carta varios días mas tarde.
Es del Dr. Van Helsing. Quiere que nos reunamos con él en Londres.
Tengo asuntos pendientes. Ve tú, yo llegaré después.
¡Oh, pobre Lucy! ¡Que historia más horrible!
Todo saldrá bien, querida Mina.
Eso espero Jonathan.
Realmente lo deseo.

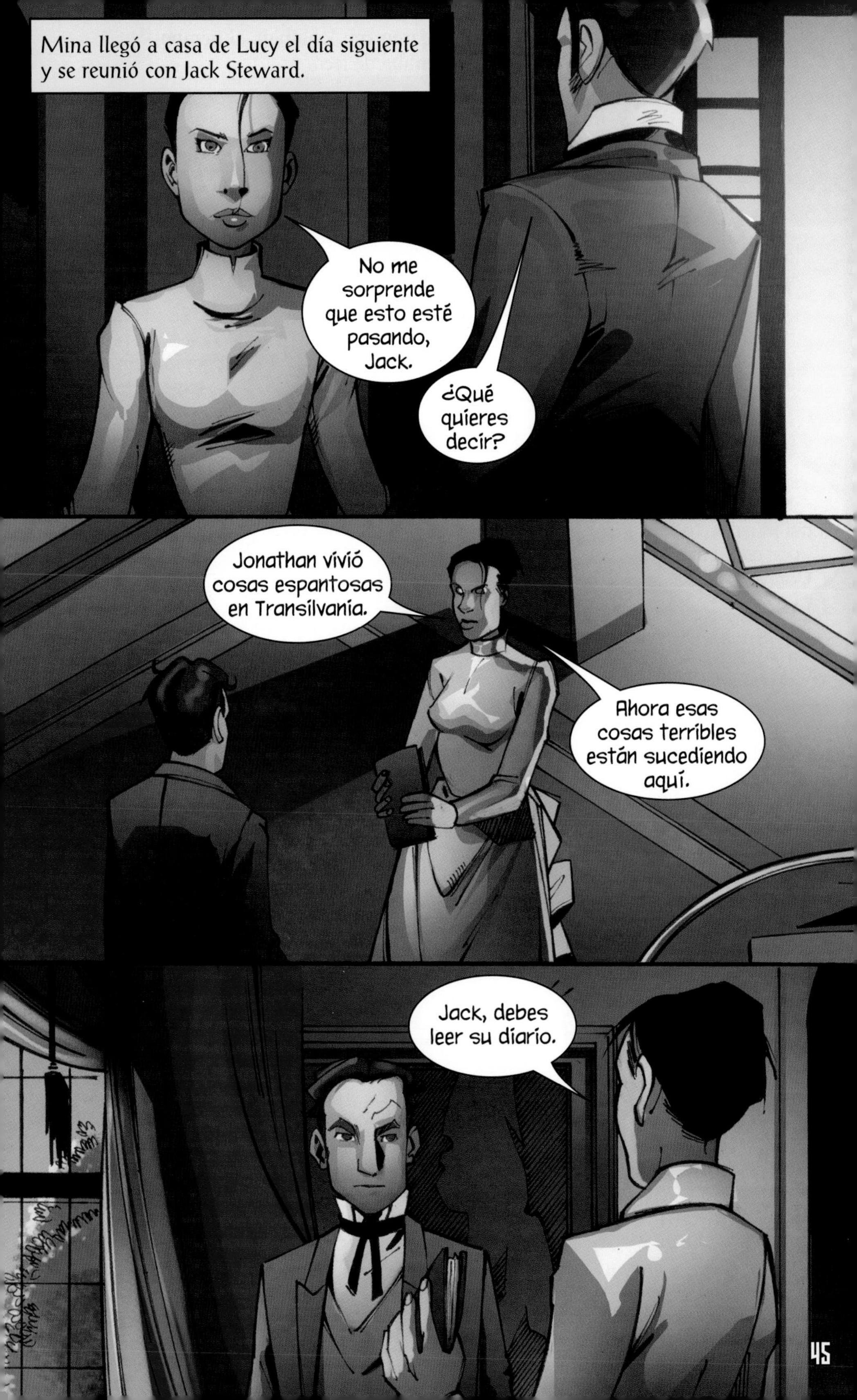
Mina llegó a casa de Lucy el día siguiente y se reunió con Jack Steward.
No me sorprende que esto esté pasando, Jack.
¿Qué quieres decir?
Jonathan vivió cosas espantosas en Transilvania.
Ahora esas cosas terribles están sucediendo aquí.
Jack, debes leer su diario.

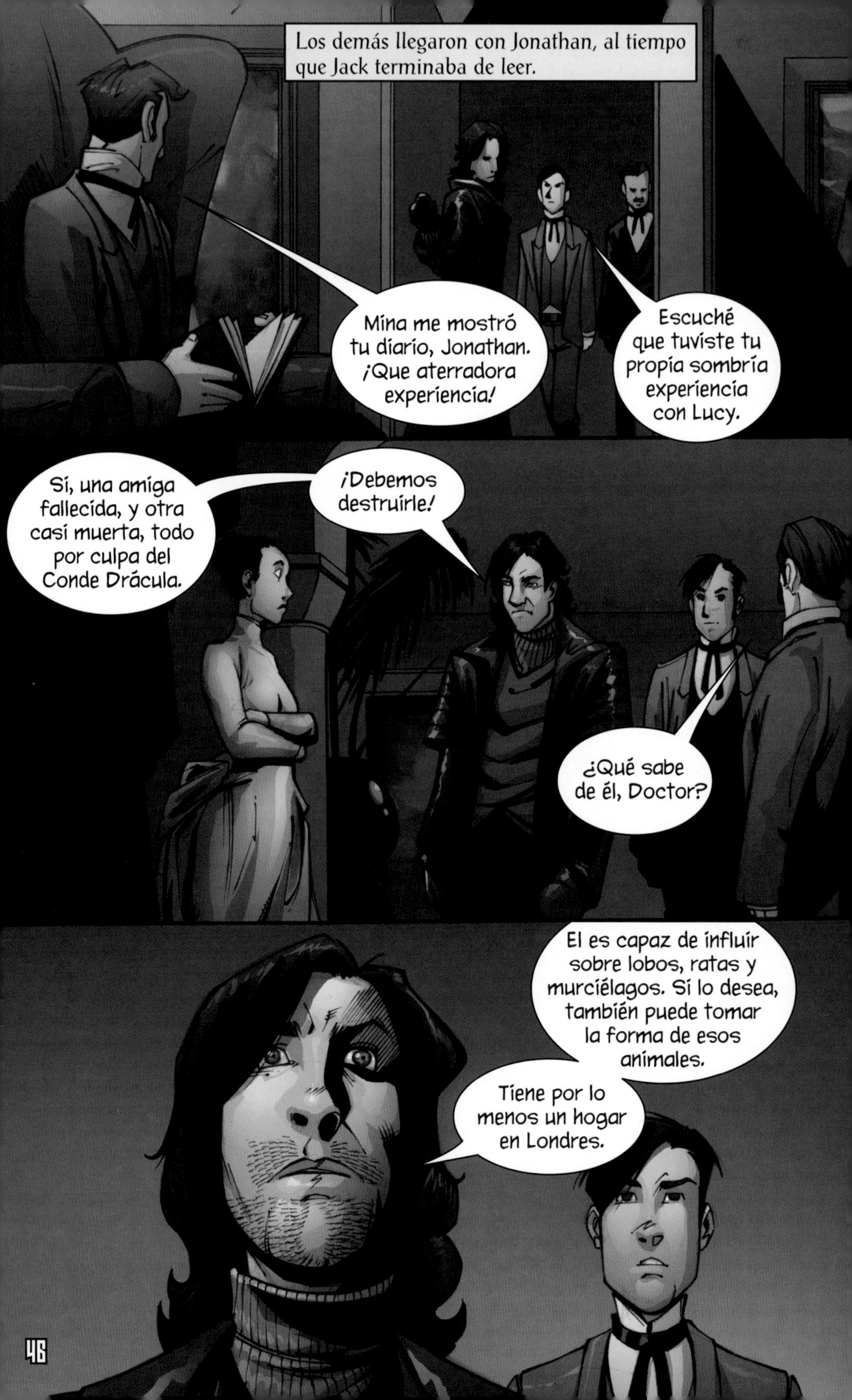

Los demás llegaron con Jonathan, al tiempo que Jack terminaba de leer.
Mina me mostró tu diario, Jonathan. ¡Que aterradora experiencia!
Escuché que tuviste tu propia sombría experiencia con Lucy.
Sí, una amiga fallecida, y otra casi muerta, todo por culpa del Conde Drácula.
¡Debemos destruirle!
¿Qué sabe de él, Doctor?
El es capaz de influir sobre lobos, ratas y murciélagos. Si lo desea, también puede tomar la forma de esos animales.
Tiene por lo menos un hogar en Londres.

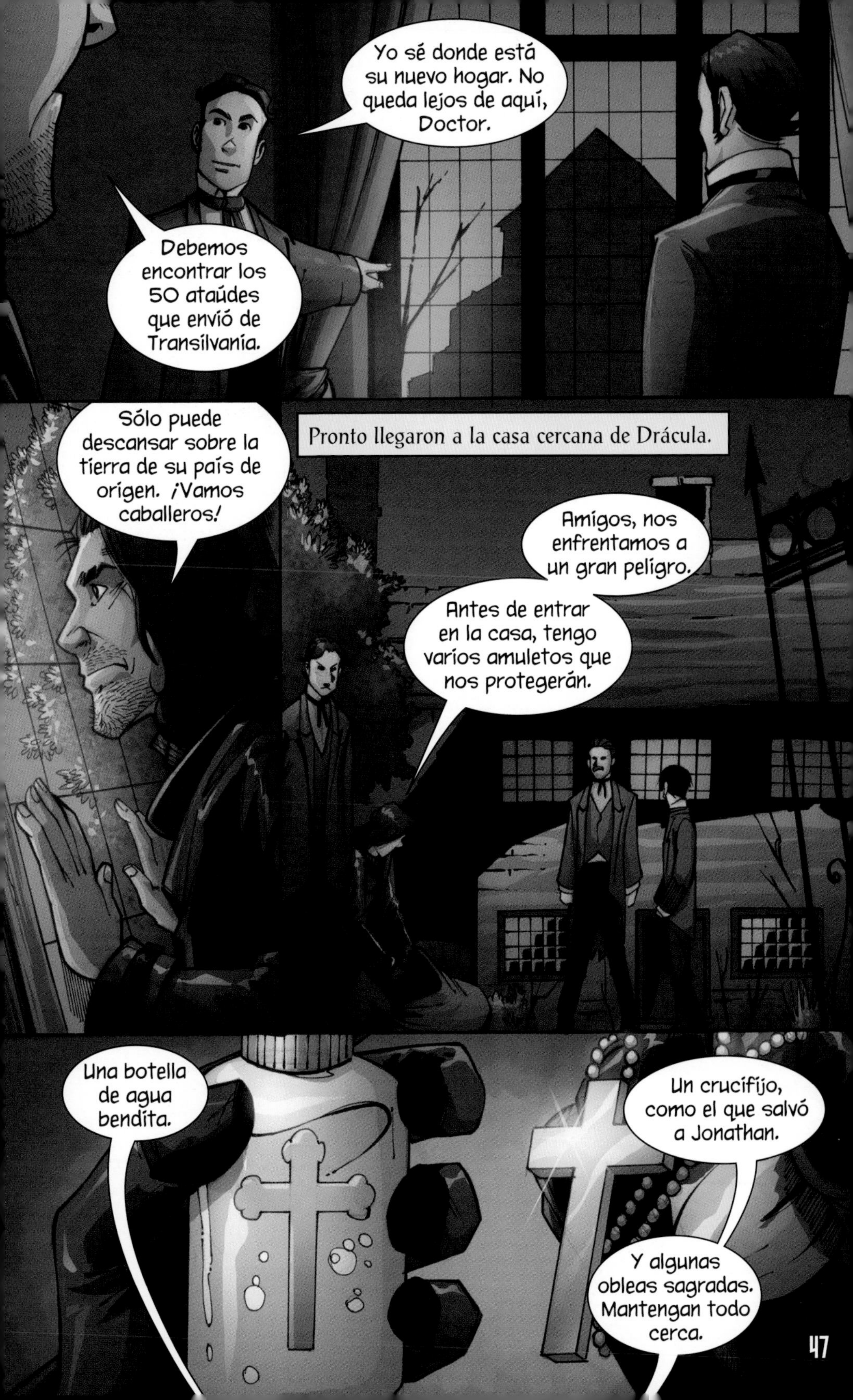
Yo sé donde está su nuevo hogar. No queda lejos de aquí, Doctor.
Debemos encontrar los 50 ataúdes que envió de Transilvania.
Sólo puede descansar sobre la tierra de su país de origen. ¡Vamos caballeros!
Pronto llegaron a la casa cercana de Drácula.
Amigos, nos enfrentamos a un gran peligro.
Antes de entrar en la casa, tengo varios amuletos que nos protegerán.
Una botella de agua bendita.
Un crucifijo, como el que salvó a Jonathan.
Y algunas obleas sagradas. Mantengan todo cerca.

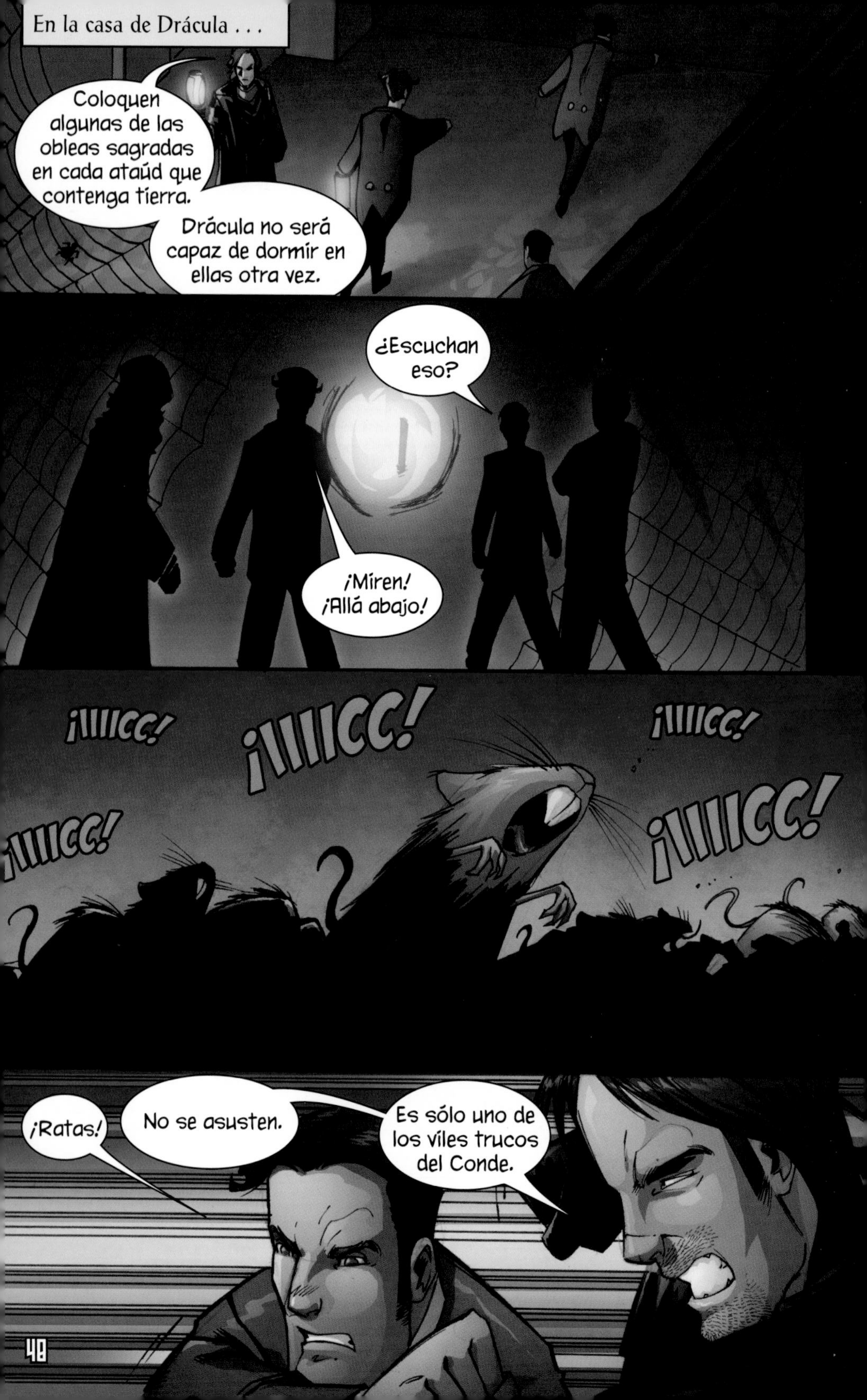
En la casa de Drácula . . .
Coloquen algunas de las obleas sagradas en cada ataúd que contenga tierra.
Drácula no será capaz de dormir en ellas otra vez.
¿Escuchan eso?
¡Miren! ¡Allá abajo!
¡IIIICC!
¡IIIICC!
¡IIIICC!
¡IIIICC!
¡IIIICC!
¡Ratas!
No se asusten.
Es sólo uno de los viles trucos del Conde.

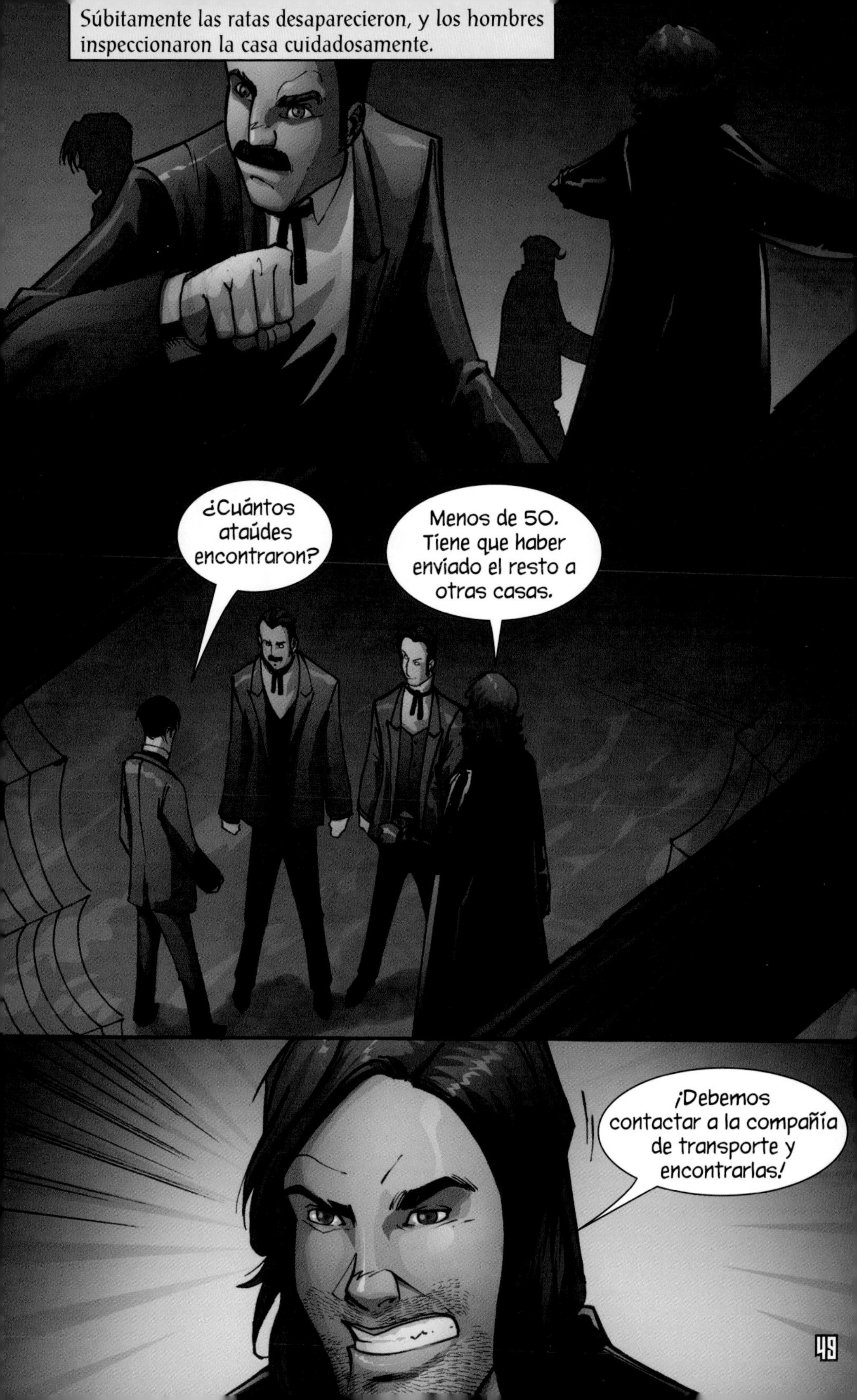
Súbitamente las ratas desaparecieron, y los hombres inspeccionaron la casa cuidadosamente.
¿Cuántos ataúdes encontraron?
Menos de 50. Tiene que haber enviado el resto a otras casas.
¡Debemos contactar a la compañía de transporte y encontrarlas!

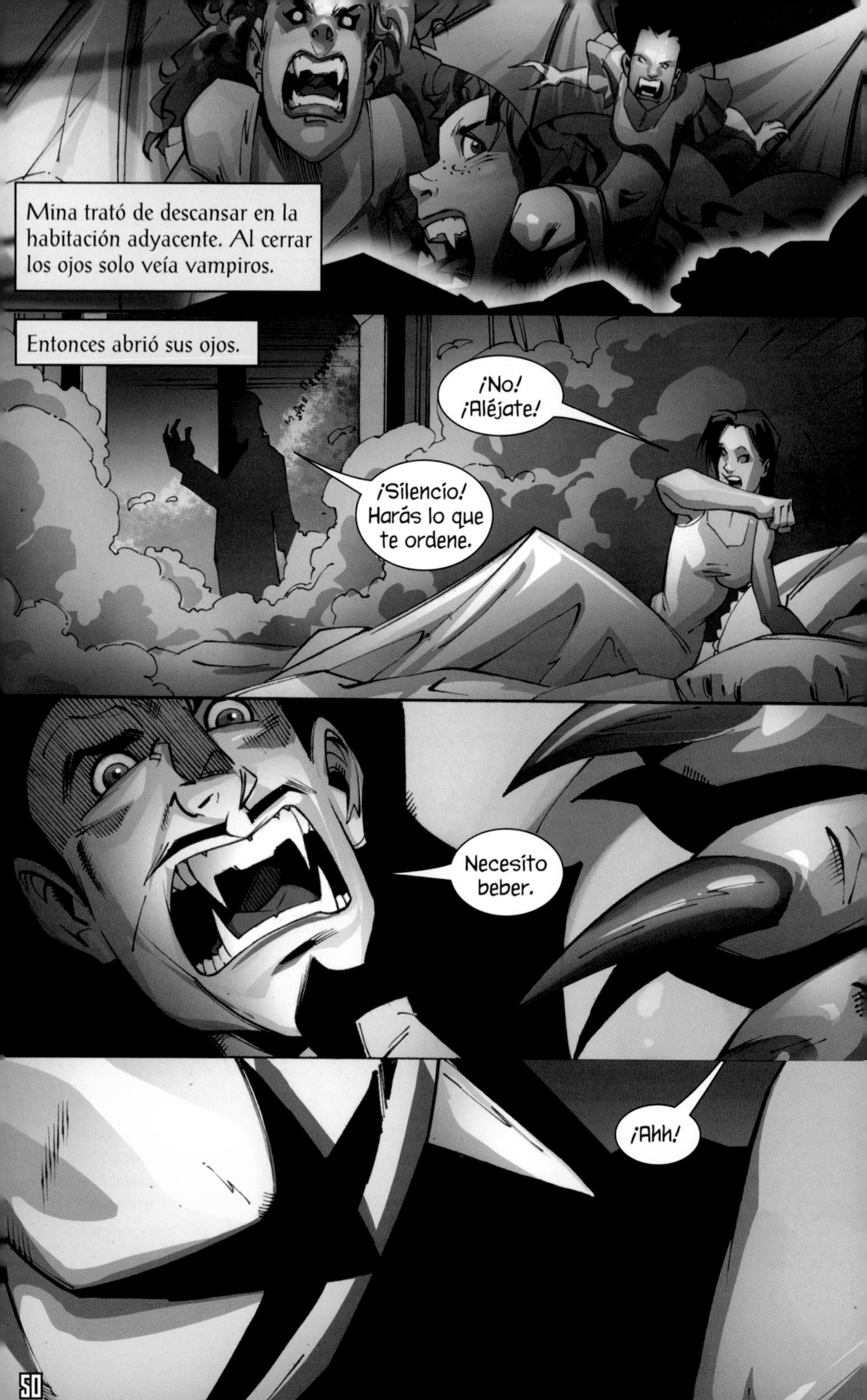
Mina trató de descansar en la habitación adyacente. Al cerrar los ojos solo veía vampiros.
Entonces abrió sus ojos.
¡No! ¡Aléjate!
¡Silencio! Harás lo que te ordene.
Necesito beber.
¡Ahh!

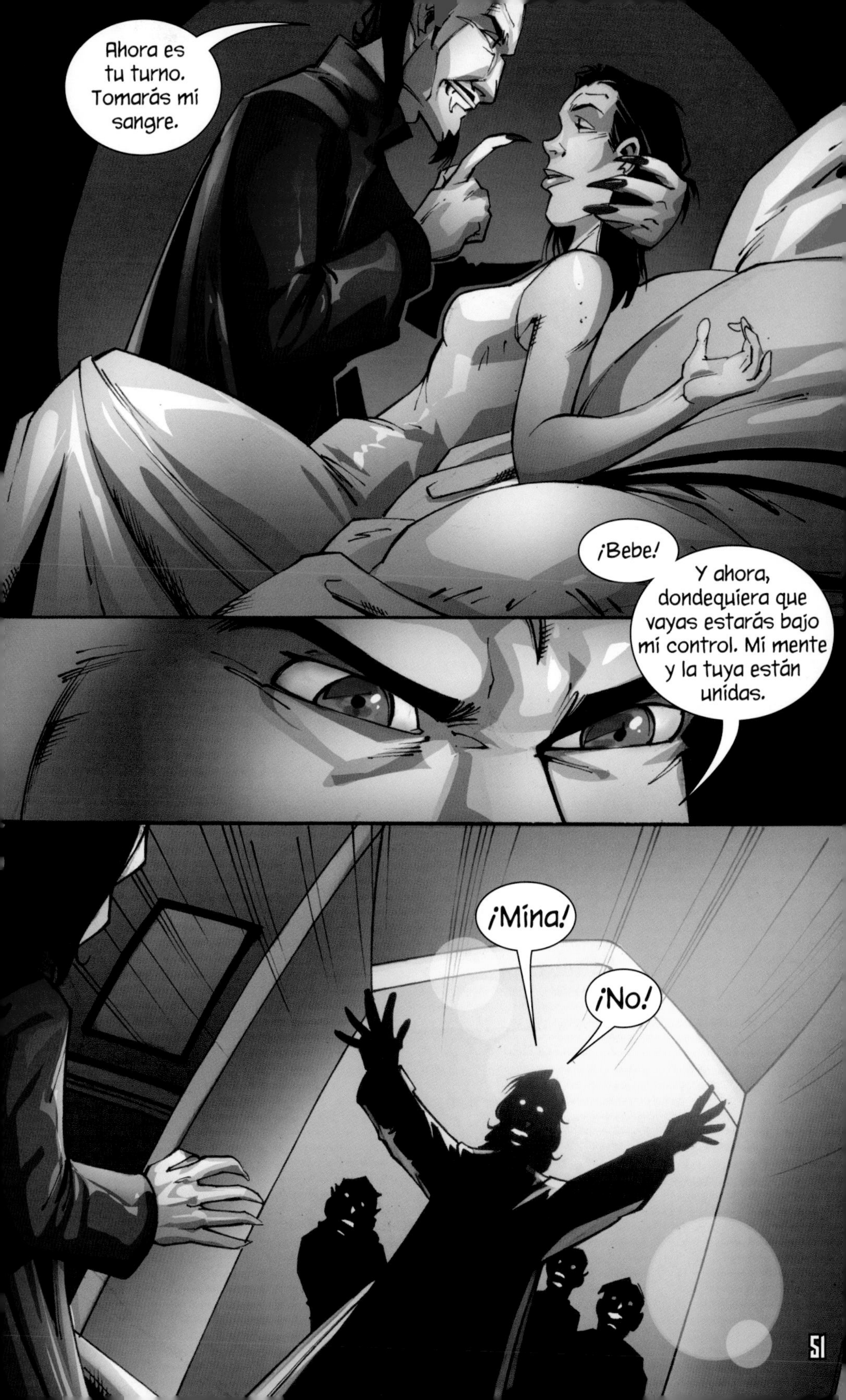
Ahora es tu turno. Tomarás mi sangre.
¡Bebe!
Y ahora, dondequiera que vayas estarás bajo mi control. Mi mente y la tuya están unidas.
¡Mina!
¡No!

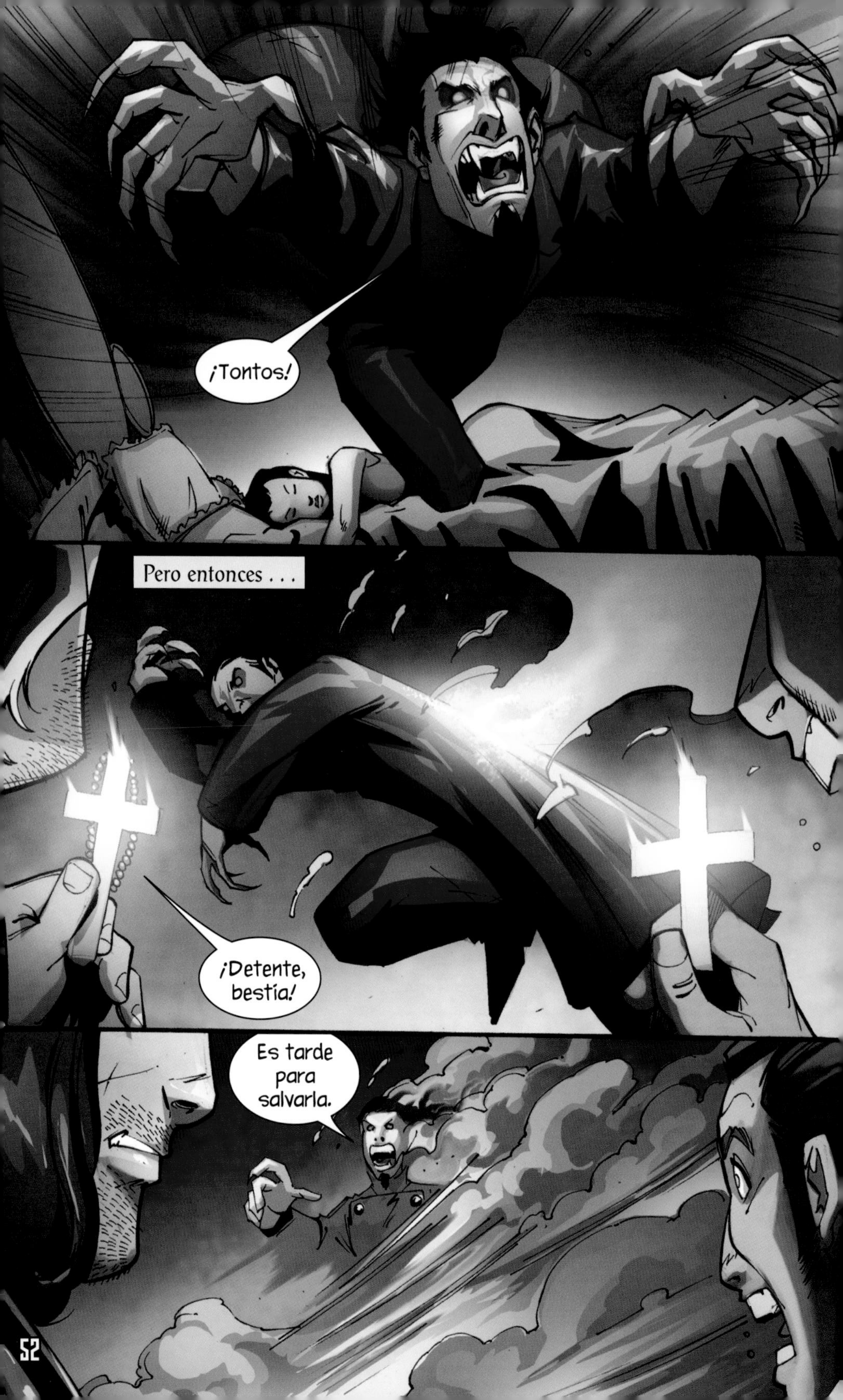
¡Tontos!
Pero entonces . . .
¡Detente, bestia!
Es tarde para salvarla.

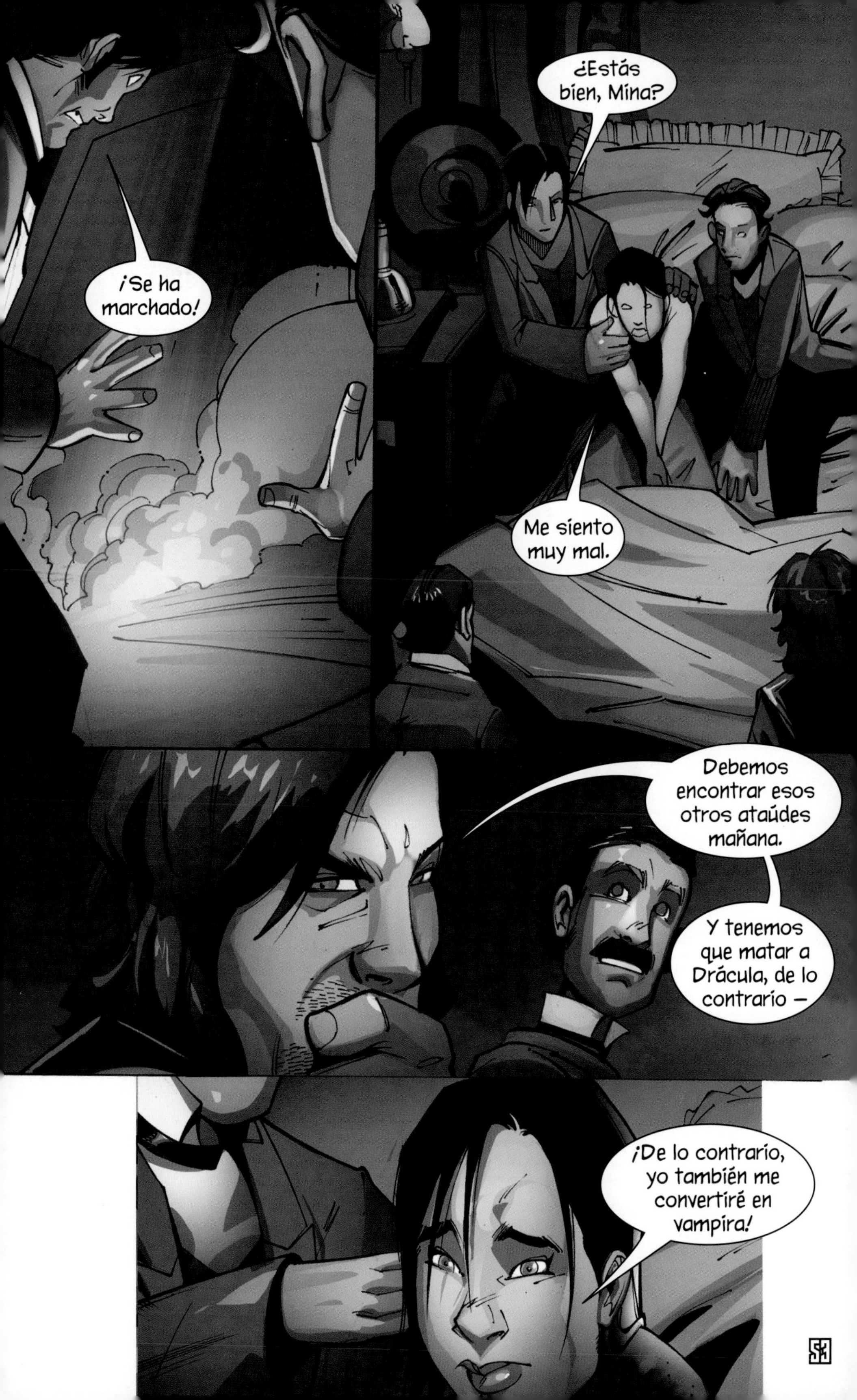
¡Se ha marchado!
¿Estás bien, Mina?
Me siento muy mal.
Debemos encontrar esos otros ataúdes mañana.
Y tenemos que matar a Drácula, de lo contrario –
¡De lo contrario, yo también me convertiré en vampira!

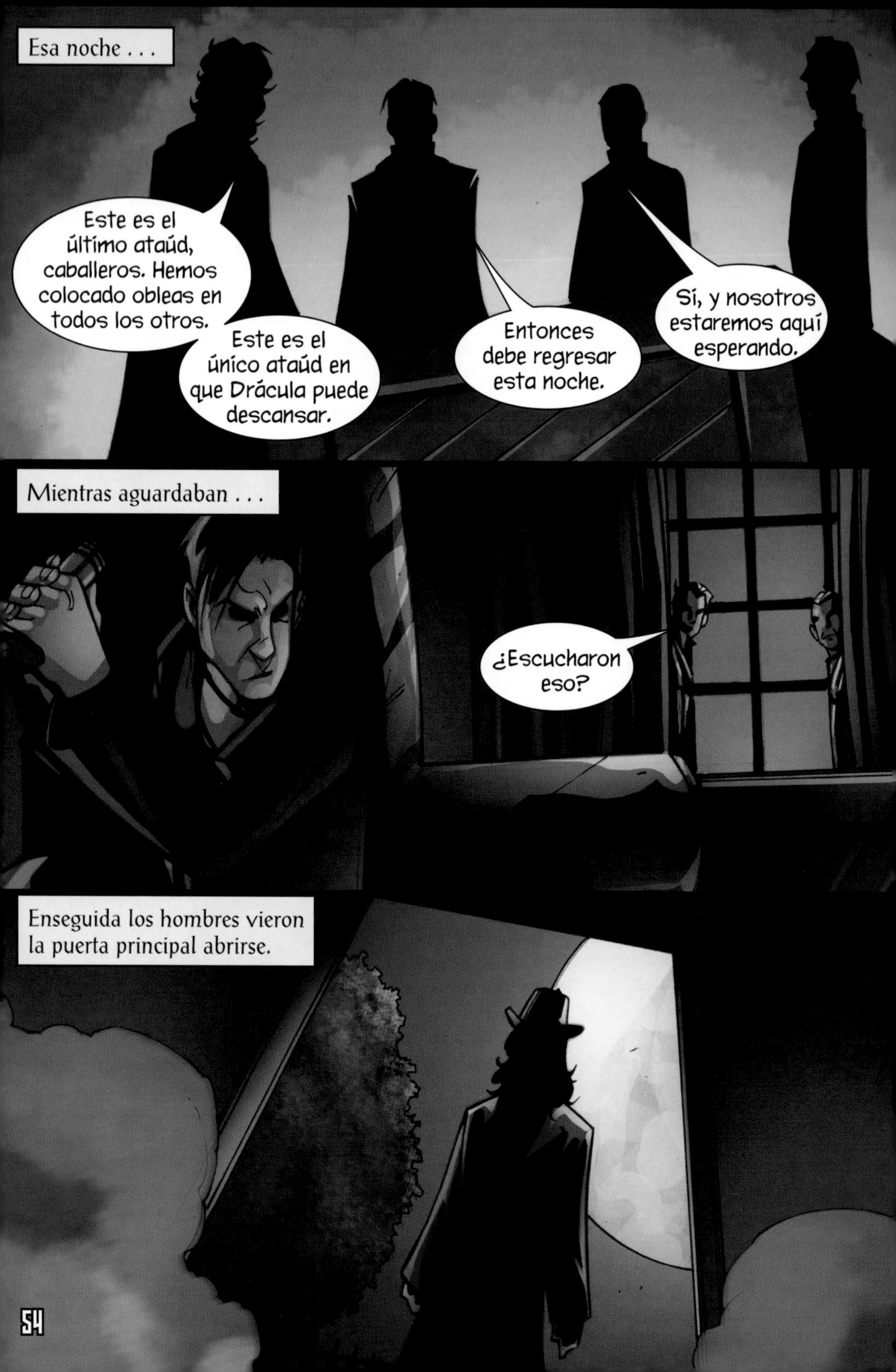
Esa noche . . .
Este es el último ataúd, caballeros. Hemos colocado obleas en todos los otros.
Este es el único ataúd en que Drácula puede descansar.
Entonces debe regresar esta noche.
Sí, y nosotros estaremos aquí esperando.
Mientras aguardaban . . .
¿Escucharon eso?
Enseguida los hombres vieron la puerta principal abrirse.

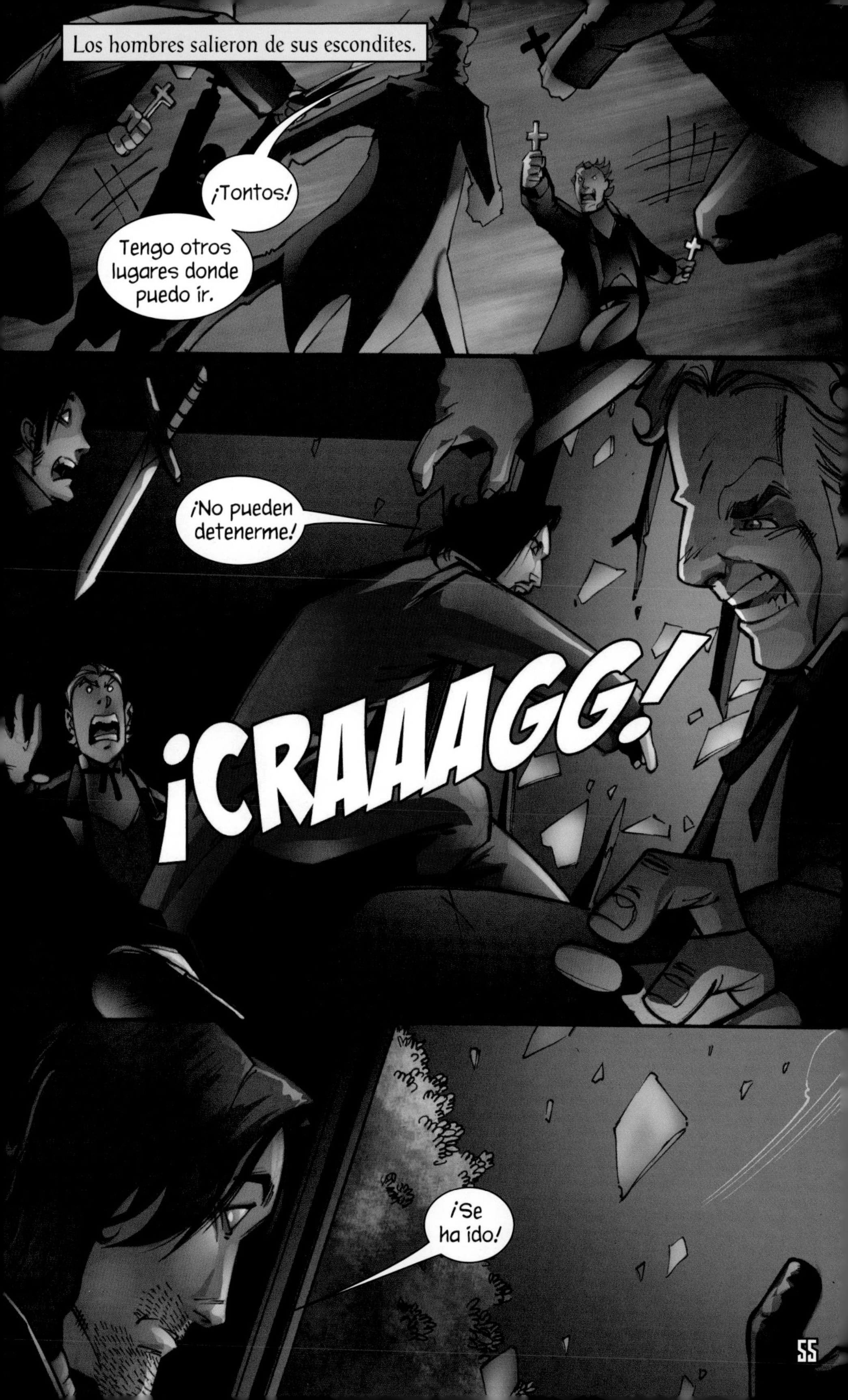
Los hombres salieron de sus escondites.
¡Tontos!
Tengo otros lugares donde puedo ir.
¡No pueden detenerme!
¡CRAAAGG!
¡Se ha ido!

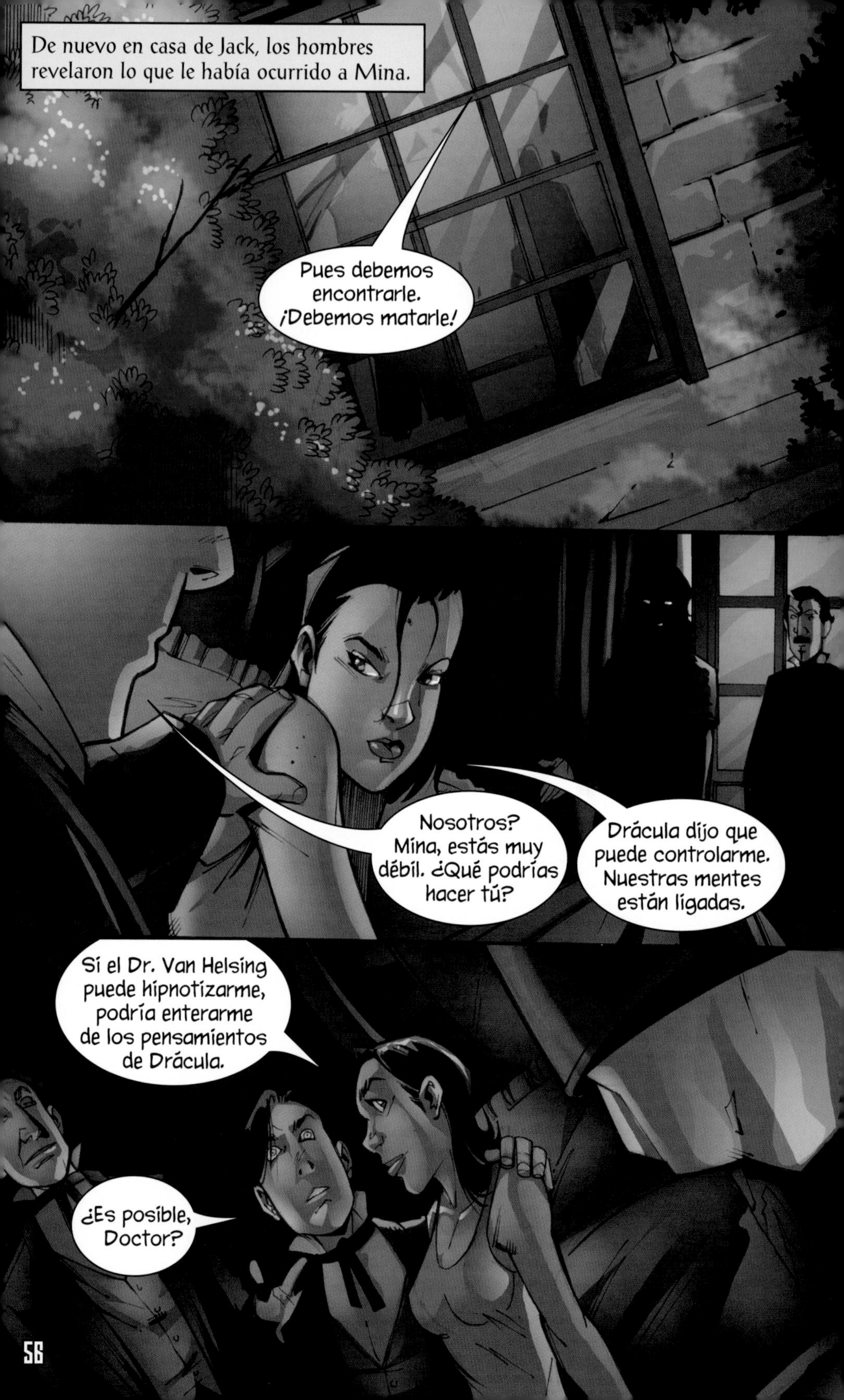
De nuevo en casa de Jack, los hombres revelaron lo que le había ocurrido a Mina.
Pues debemos encontrarle. ¡Debemos matarle!
Nosotros? Mina, estás muy débil. ¿Qué podrías hacer tú?
Drácula dijo que puede controlarme. Nuestras mentes están ligadas.
Si el Dr. Van Helsing puede hipnotizarme, podría enterarme de los pensamientos de Drácula.
¿Es posible, Doctor?

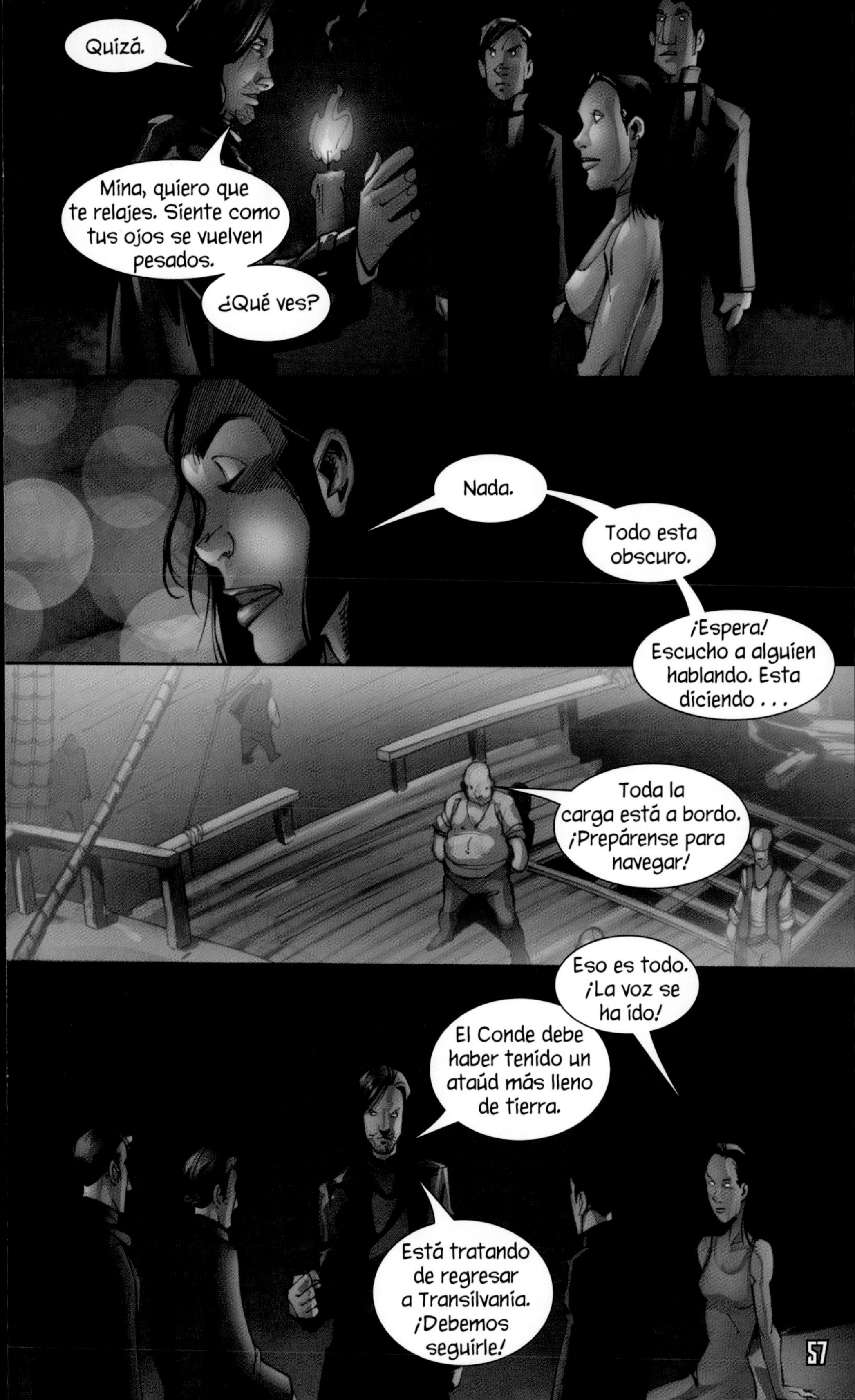
Quizá.
Mina, quiero que te relajes. Siente como tus ojos se vuelven pesados.
¿Qué ves?
Nada.
Todo esta obscuro.
¡Espera! Escucho a alguien hablando. Esta diciendo . . .
Toda la carga está a bordo. ¡Prepárense para navegar!
Eso es todo. ¡La voz se ha ido!
El Conde debe haber tenido un ataúd más lleno de tierra.
Está tratando de regresar a Transilvania. ¡Debemos seguirle!

CAPITULO 7: EL FIN DE DRACULA

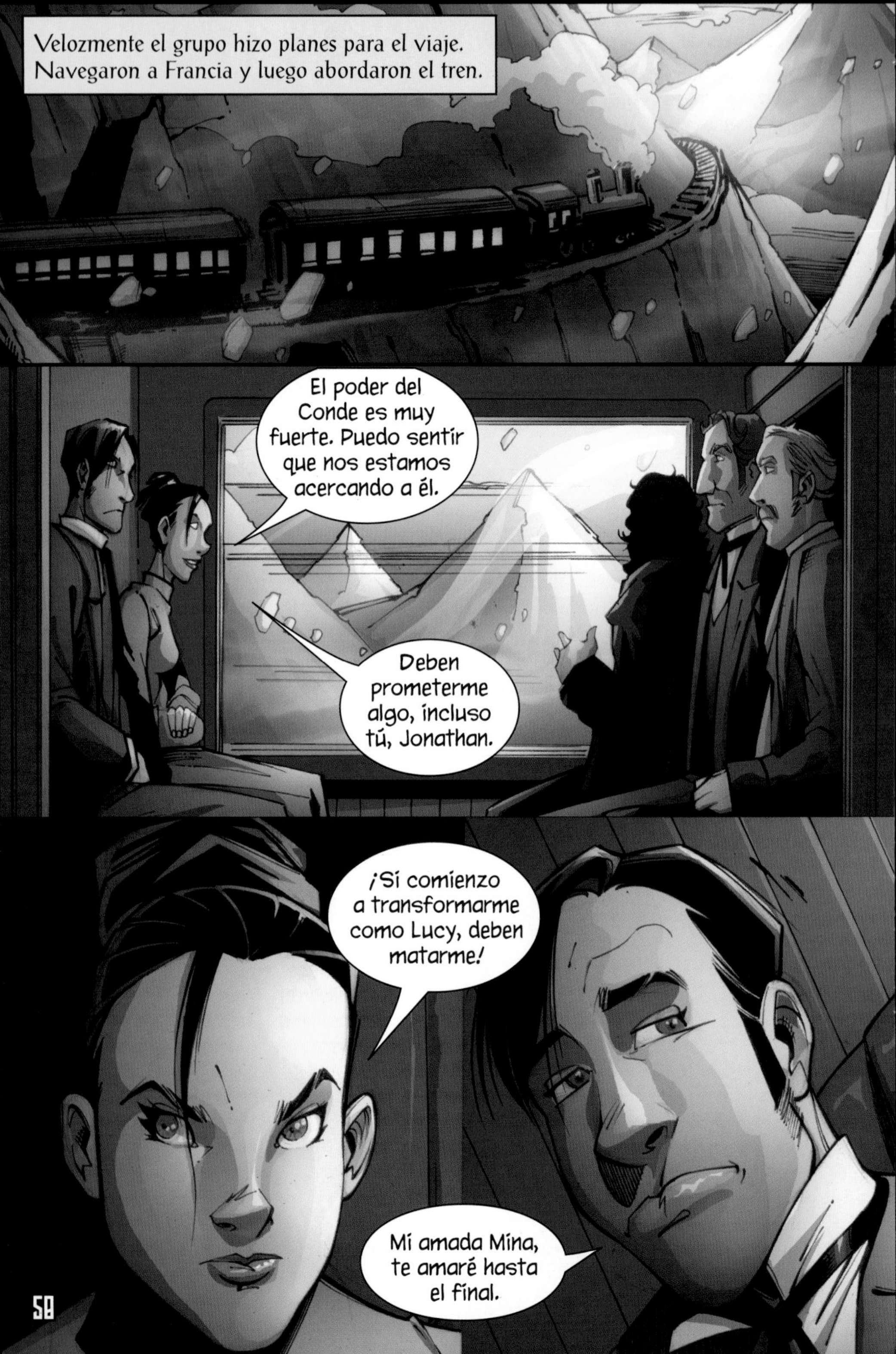

Velozmente el grupo hizo planes para el viaje. Navegaron a Francia y luego abordaron el tren.
El poder del Conde es muy fuerte. Puedo sentir que nos estamos acercando a él.
Deben prometerme algo, incluso tú, Jonathan.
¡Si comienzo a transformarme como Lucy, deben matarme!
Mi amada Mina, te amaré hasta el final.

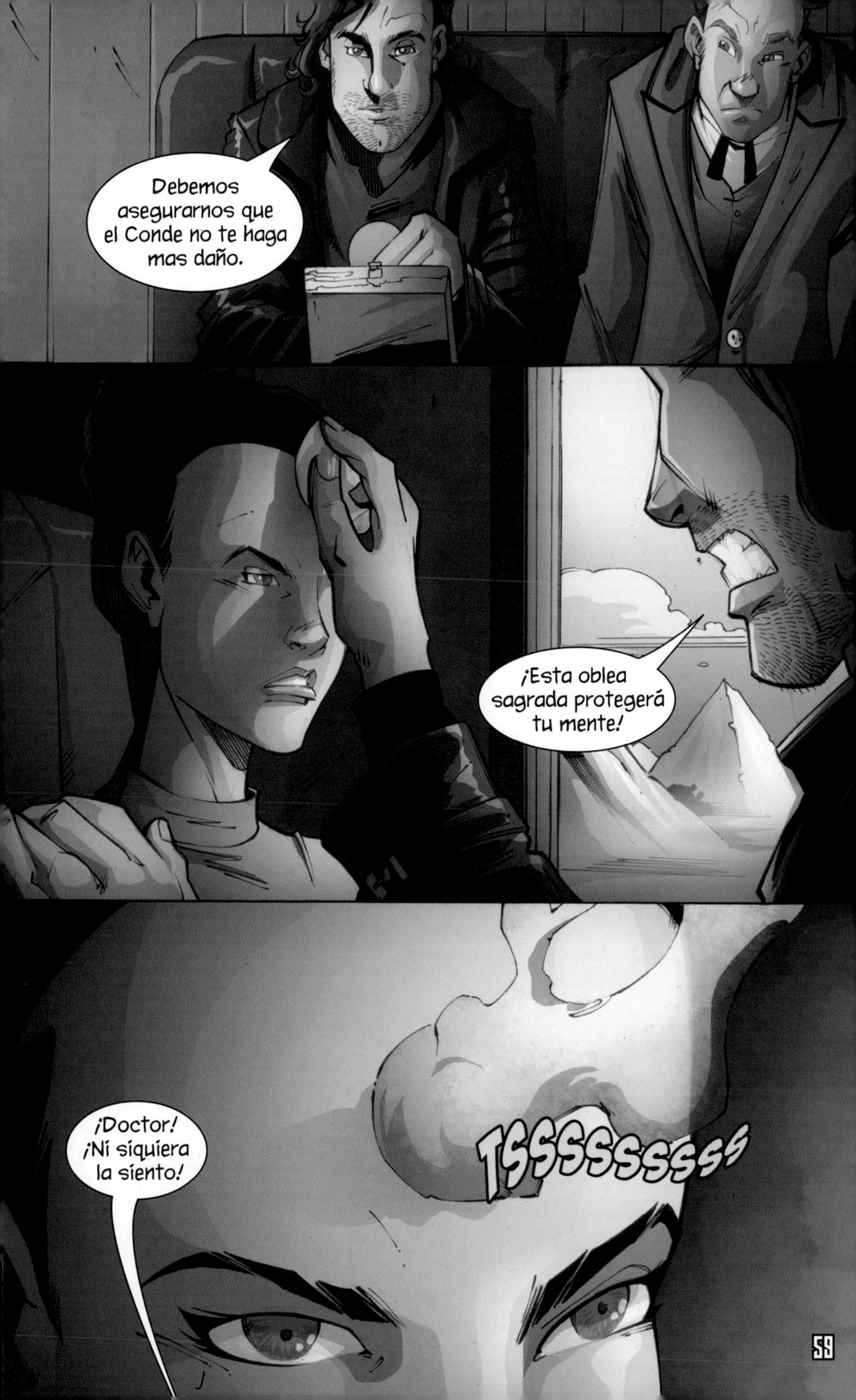
Debemos asegurarnos que el Conde no te haga mas daño.
¡Esta oblea sagrada protegerá tu mente!
¡Doctor! ¡Ni siquiera la siento!
TSSSSSSSSS

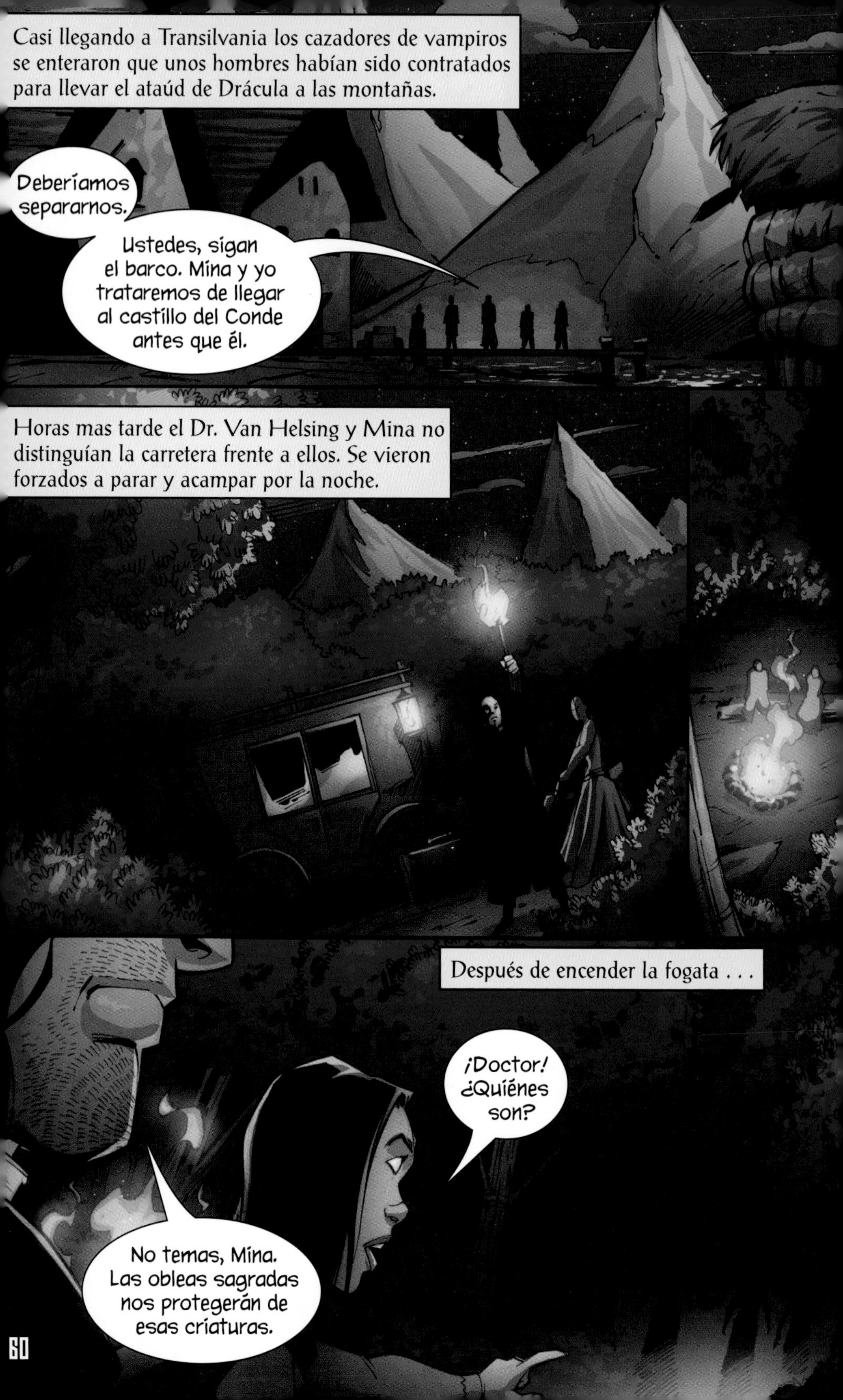
Casi llegando a Transilvania los cazadores de vampiros se enteraron que unos hombres habían sido contratados para llevar el ataúd de Drácula a las montañas.
Deberíamos separarnos.
Ustedes, sigan el barco. Mina y yo trataremos de llegar al castillo del Conde antes que él.
Horas mas tarde el Dr. Van Helsing y Mina no distinguían la carretera frente a ellos. Se vieron forzados a parar y acampar por la noche.
Después de encender la fogata . . .
¡Doctor! ¿Quiénes son?
No temas, Mina. Las obleas sagradas nos protegerán de esas criaturas.

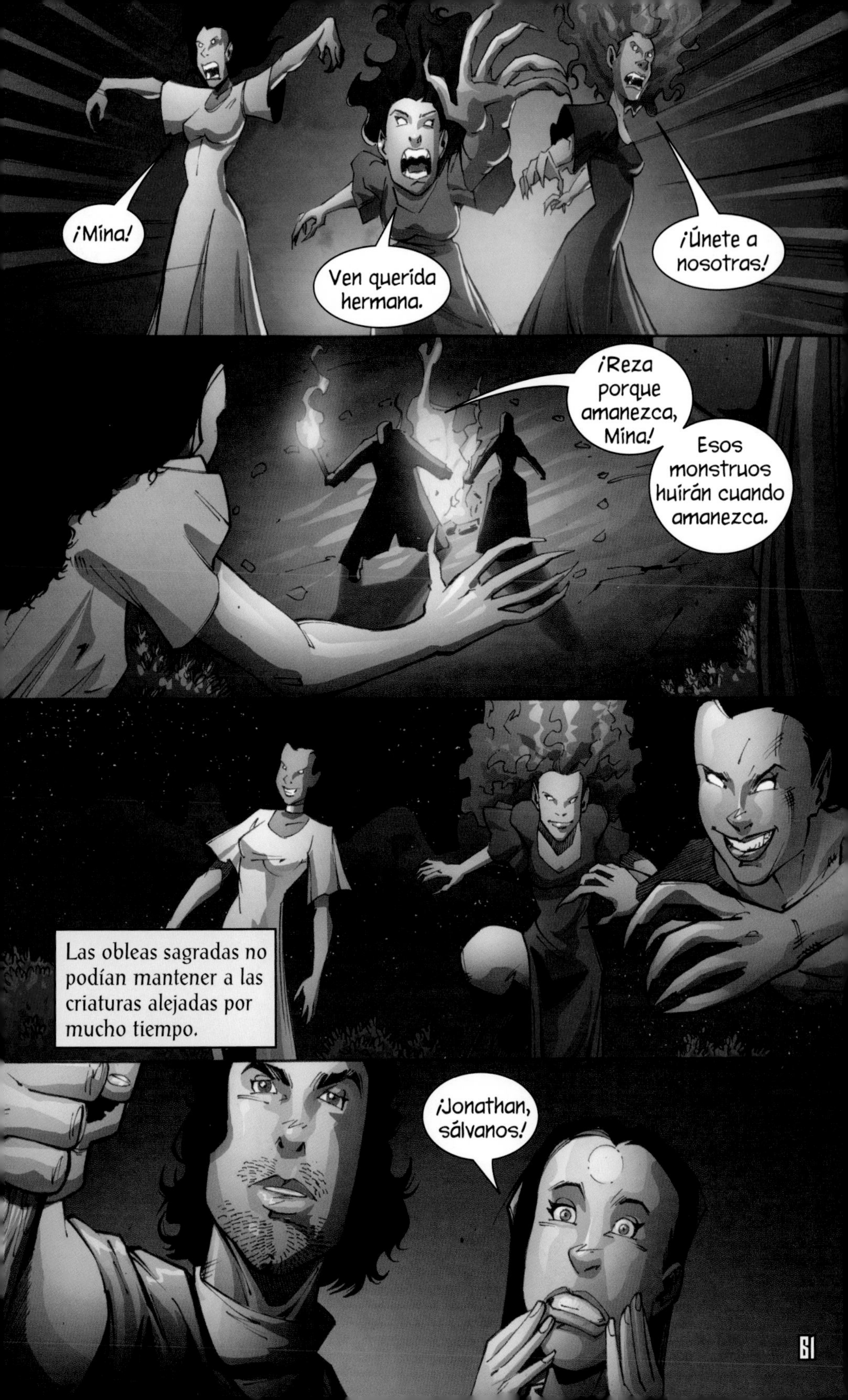
¡Mina!
Ven querida hermana.
¡Únete a nosotras!
¡Reza porque amanezca, Mina!
Esos monstruos huirán cuando amanezca.
Las obleas sagradas no podían mantener a las criaturas alejadas por mucho tiempo.
¡Jonathan, sálvanos!

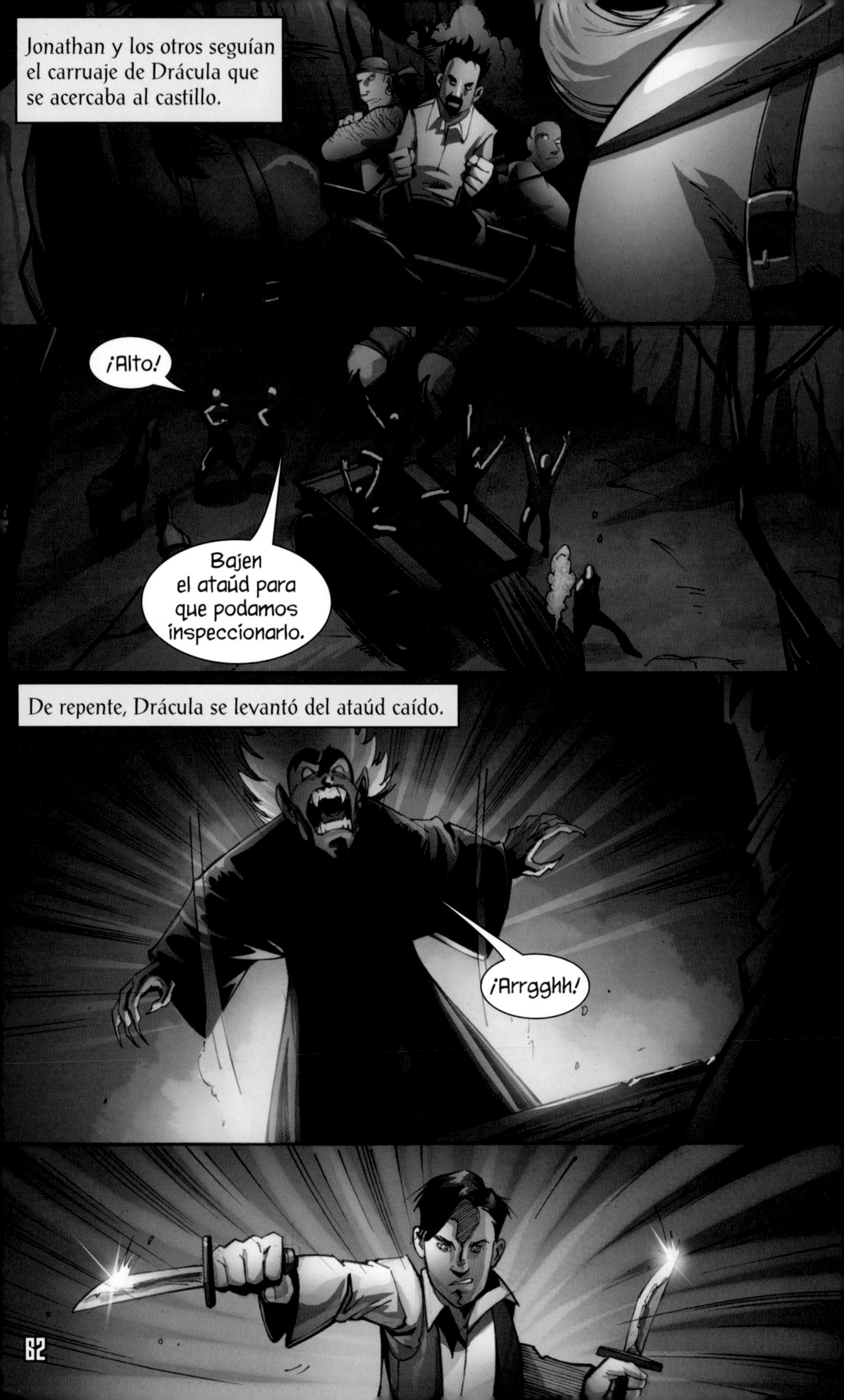
Jonathan y los otros seguían el carruaje de Drácula que se acercaba al castillo.
¡Alto!
Bajen el ataúd para que podamos inspeccionarlo.
De repente, Drácula se levantó del ataúd caído.
¡Arrgghh!

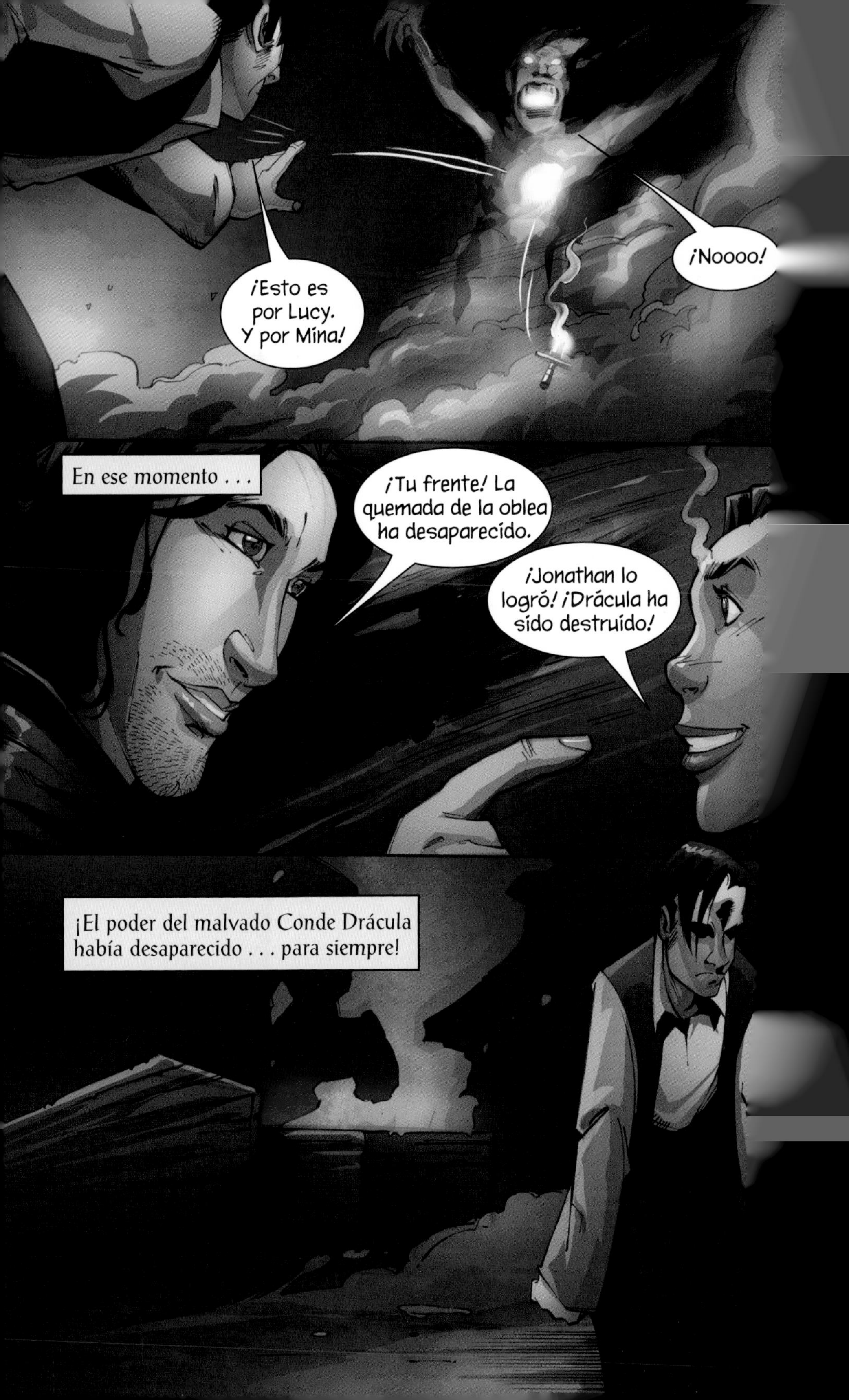
¡Esto es por Lucy. Y por Mina!
¡Noooo!
En ese momento . . .
¡Tu frente! La quemada de la oblea ha desaparecido.
¡Jonathan lo logró! ¡Drácula ha sido destruido!
¡El poder del malvado Conde Drácula había desaparecido . . . para siempre!

ACERCA DEL AUTOR

Bram Stoker nació el 8 de noviembre de 1847, cerca de Dublín, Irlanda. El joven Stoker sufrió de una misteriosa enfermedad. Hasta sus siete años, pasó mucho tiempo en cama leyendo libros y soñando en convertirse en un escritor famoso. Después de graduarse de la universidad, Stoker trabajó como sirviente civil en el Castillo de Dublín, pero continuó escribiendo cuentos. El también se había interesado en los vampiros y pasó varios años investigando esas leyendas. Drácula fue publicado en 1897 y continúa siendo su más famoso cuento, inspirando un sinnúmero de películas, libros, programas de televisión y máscaras del día de brujas.

ACERCA DEL NARRADOR

Michael Burgan ha escrito más de 90 libros de ficción y no ficción para niños. Graduado en Historia de la Universidad de Connecticut, Burgan trabajó en 'Weekly Reader' (Lector Semanal) por seis años antes de comenzar su profesión por cuenta propia. Ha recibido un premio de la Asociación de Prensa Educacional de América y ha ganado varios concursos de dramaturgia. Actualmente vive en Chicago con su esposa Samantha.

GLOSARIO

Carruaje — pequeño vehículo montado sobre ruedas y generalmente jalado por caballos

Crucifijo — una cruz, la cual los Cristianos creen que representa a Jesucristo

Curioso — un intenso deseo de investigar

Diario — un libro o cuaderno, donde una persona anota los eventos sucedidos diariamente en su vida

Oblea sagrada — un pedazo de pan muy delgado y redondo, muchas veces dado durante la misa en la iglesia Católica

Sorprendido — miedo por sorpresa.

Tumba — un lugar para mantener un cuerpo muerto.

Transilvania — una región real y montañosa en Europa del este.

No muerto — otro nombre para vampiro o zombie.

Vampiro — una persona muerta, de la que se cree que sale por las noches a chupar la sangre de los vivos.

MÁS ACERCA DE VAMPIROS

Los mitos y las leyendas de vampiros han obsesionado a la gente por miles de años. De facto, el autor Bram Stoker pasó siete años investigando un sinnúmero de cuentos acerca de las criaturas horripilantes de este libro.

Nadie sabe con certeza quien contó las primeas historias de vampiros, pero los primeros fueron contados en la antigua Mesopotamia. Hace más de 4,000 años, esta gente, del área de Irak, le temía a una divinidad malévola llamada Lamastu. Los habitantes de Mesopotamia creían que Lamastu era responsable por muchas enfermedades, incluyendo la muerte de los niños.

Los investigadores han encontrado cuentos en todo el mundo de criaturas que chupaban sangre. Sin embargo, las leyendas más modernas vienen de Europa del Este. De facto, muchos creen que el término "vampiro" se origina de una criatura rusa llamada Upir.

Algunos mitos sobre vampiros ya no son muy comunes. Por ejemplo, los europeos del este creían que esparcir semillas en el suelo evitaba que los vampiros se acercasen. Creían que los vampiros se detenían a contar las semillas en vez de seguir a su próxima víctima.

Algunos creen que el autor Bram Stoker nombró a su personaje 'Drácula' por una persona real. A mediados de 1400, el Príncipe Vlad Tepes gobernó sobre la actual Rumania. Este líder malévolo también fue conocido como Vlad Drácula, que significaba "Hijo del Dragón."

¡En el pasado, algunas personas regresaron de entre los muertos! Una enfermedad rara llamada catalepsia puede causar rigidez corporal y que la respiración se vuelva muy lenta. Los doctores creían que las personas estaban muertas. Cuando la persona eventualmente despertaba o escapaba de su tumba pueden haber sido considerados como vampiros.

Los murciélagos vampiros no sólo se encuentran en cuentos. Estas criaturas con alas viven en ciertas regiones de Centro y Sudamérica. Ellas se alimentan de la sangre de otros animales y aves. De hecho, los murciélagos vampiros son los únicos animales en el mundo que sobreviven en nada más que en sangre.

PREGUNTAS PARA DISCUTIR

1. En el capítulo 1, Jonathan visita al Conde Drácula en su castillo en Transilvania. ¿Regresando al cuento, que pistas le ayudaron a Jonathan a darse cuenta que el Conde era un vampiro? Crees que el tendría que haberse dado cuenta antes? ¿Por qué o por qué no?

2. ¿Crees que los otros personajes en el cuento pudiesen haber detenido a Drácula sin la ayuda del Dr. Van Helsing? ¿Por qué o por qué no? Enumera algunas razones de su importancia en el cuento.

3. ¿Cuáles son los poderes de Drácula en este cuento? ¿Cuáles son sus debilidades? ¿Son estos poderes y debilidades diferentes o similares a otros cuentos de vampiros que hayas leído? Explica.

IDEAS PARA ESCRIBIR

1. A través de la historia miles de cuentos han sido escritos sobre Drácula y otros vampiros. ¡Trata de escribir tu propio cuento! ¿Cómo serán tus vampiros? ¿A quien van a acechar? ¿Qué harán tus personajes para detenerles?

2. ¿Tienes un cuento de miedo favorito? Escríbelo y compártelo con tus amigos y familiares.

3. En este cuento, Drácula se puede transformar en murciélago y en lobo. ¿Si tú tuvieses el poder de transformarte en cualquier animal, cual animal sería y porqué? Escribe sobre tus aventuras como ese animal.

OTROS NOVELAS GRÁFICAS

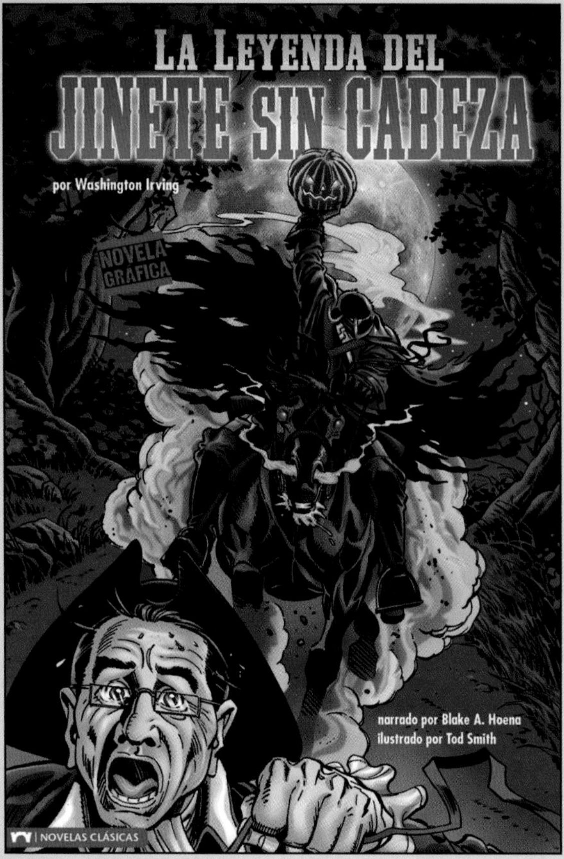
LA LEYENDA DEL
JINETE SIN CABEZA
por Washington Irving
NOVELA GRÁFICA
narrado por Blake A. Hoena
ilustrado por Tod Smith
NOVELAS CLÁSICAS

La Leyenda del Jinete sin Cabeza

¡Un jinete sin cabeza atormenta a Sleepy Hollow! Por lo menos esa es la leyenda en el pequeño pueblo de Tarrytown. Sin embargo, los cuentos de miedo no detendrán al nuevo director de la escuela, Ichabod Crane, de cruzar la 'hondonada', especialmente por que la bella Katrina Balt vive en el otro lado. ¿Logrará Ichobod llegar a su amada o descubrirá que la leyenda del Jinete sin Cabeza en efecto es verdadera?

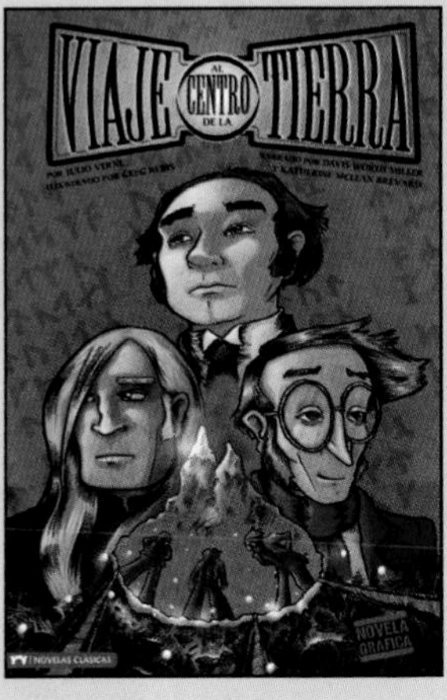
VIAJE
AL
CENTRO
DE LA
TIERRA
NOVELA GRÁFICA

Viaje al Centro de la Tierra

Axel Lidenbrock y su tío encuentran un mensaje dentro de un libro de más de 300 años. ¡La nota describe un pasaje secreto al centro de la tierra! Poco después ambos descienden a lo más profundo del volcán con la ayuda de Hans, su guía. Juntos descubren ríos subterráneos, océanos, extrañas rocas, y monstruos prehistóricos. Pero también descubren peligros que podrían atraparlos bajo la superficie de la tierra para siempre.

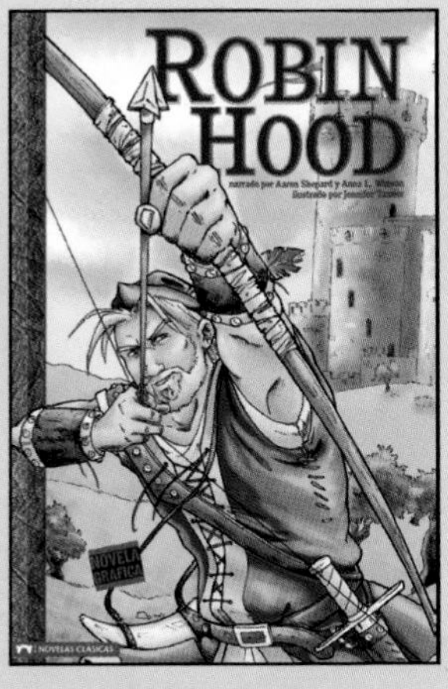
ROBIN
HOOD
NOVELA GRÁFICA

Robin Hood

Robin Hood es el héroe del Bosque de Sherwood. Quitando a los ricos para dar a los pobres, Robin Hood y sus fieles seguidores luchan por los oprimidos y desamparados. Mientras burlan al Sheriff de Nottingham, Robin Hood y la banda de ladrones emprenden una serie de aventuras emocionantes.